満月や
誰もいない
葱畑

赤瀬川原平

世の中は偶然に満ちている

筑摩書房

The Victoria and Albert Museum
MOON DIARY'81

March~Apr.

28 月 先負

今日の偶然 筑摩書房の松田哲(島オビサンと泰平小僧の文章をまとめる仕事で関係中)に仕事の急用で電話すると、今日まで休みを取っているという。パルコ出版山村武善(ハイレッドセンターの写真文章をまとめる仕事で関係中)に仕事の急用で電話すると、やはり今日まで休みを取っているという。

29 火 仏滅

美学校の生徒たちが大勢ゾロゾロと深夜、うちを訪ねて来る。卒展の道行練習しながら、酒をくみかわしながら来たようで、うちに入れてお茶でも出そうと思うが、数多すぎて入りきらない。卒展というのはコンサート会場での演奏や演劇。内ゲバで大勢が死ぬ。遺体の葬儀をしようとするが、危険なので中止。遺体の両眼の中に爆弾が発射するように装置されているという。

30 水 大安

31 木 赤口

1 金 先勝

今日の偶然 ハイレッドセンター写真集のことで三浦君来宅、打合せ中、この際思い立ったときにと、VANの城之内に電話する。その夜、VAN関係のハクシカからお花見しようとの電話あり。XX方とも何年振りかの電話。

2 土 友引

今日の偶然 永福図書館へ行く時間を一時間早く間違え、吉祥寺で時間が空いたので、井之頭公園へブラブラ行くと大勢の人出。池の橋のところで高野慎三さんにバッタリ会う。先月20日に家に来て偶然についての話をしたばかり。

永福図書館での講演は偶然、考現学、ズレ、などについて話す。女子職員たちに花束をもらった。

帰り吉祥寺で松田哲夫、[illegible]と会い、いせ屋で呑む。

3 日 先負

3～4

21 月 友引 春分の日

はじめて行ったビルの住まいの中の便所。男子便器の横に小さな水受けがあり、かなり上の方に水道の蛇口がある。水が大量に出しっぱなしになっている。もったいないので止めてみるが、本当はこれを出しっぱなしにしておかないとどこかの機能が止ってしまうのかな、とも考える。

22 火 先負

23 水 仏滅

今日の偶然　生命保険加入の検診で新宿へ。家を出るとき、ふと（突然）普通のスニーカーを穿く気になった。冬の間ずーっと靴が革靴だった。時間がないので慌てて靴を払って家を出る。行き先山頭さん母子がキャッチボールをしているので走りにくく道を曲ってから走ろうと思う。曲る直前、笹内材木の（走ろうと思うが、）前の道で、職人が古いベニヤ板を出して埃をはたいている。古いベニヤだな、と認めた直後、目にゴミが入る。かなり大きく涙を出しながら、そ（バタバタの）の通り道を曲って駅まで走る。電車の中で目をつぶって新宿まで。三浦さんと会い、住友ビルで検診を終り、三浦さんの知っている新宿三丁目の眼科の老女医にやっと取り除いてもらう。新潮、鈴木に会うのでお茶の水へ。中央線に乗ろうとした新宿駅ホームで多田美波に会う。いった人別れて電車に乗りこみ、空いた座席に坐ろうかどうしようかと思っていると、後から来てすっと坐ったのが朱白の顔面。お茶の水駅前で鈴木さんと小説の構想会議。ずいぶん内容が進展する。出るとき雨。家を出るときふと靴を替えたのを思い出す。靴下にしてビニ本屋二軒散歩。あとビールを飲んで、小説の構想さらに進展。

24 木 大安

25 金 赤口

26 土 先勝

27 日 友引

今日の偶然　中央公論に書いた小説のゲラ刷り校正を返すので吉祥寺パルコでFバイカルで（早川幸彦は）会う。小説の内容とも関連しながら、年月が経っていても仕方がないが尾辻が経っていれば価値があるはずだといって京都の拝観のキャンバス・バッグをもらう。ちょうど自分の誕生日。

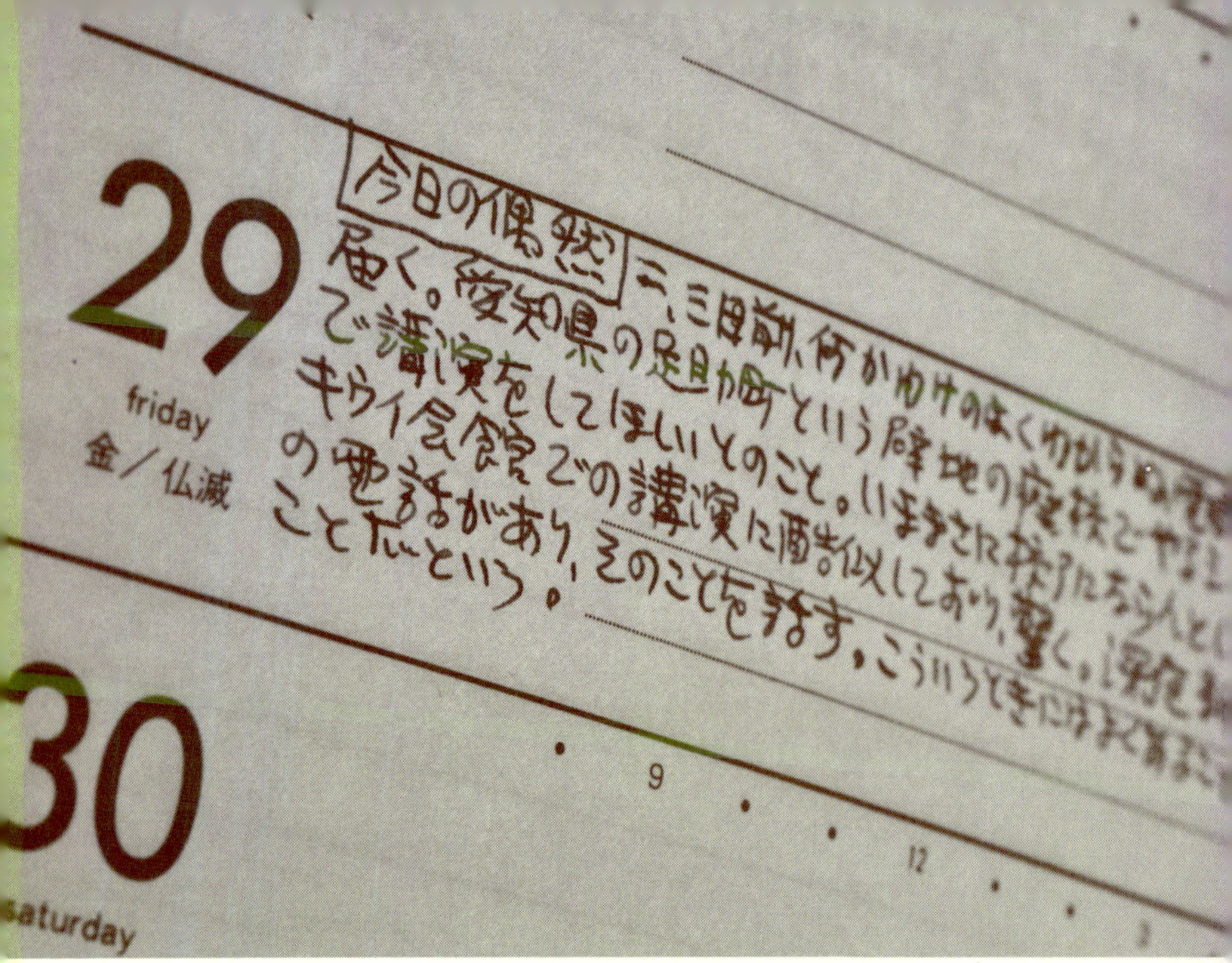
29
friday
金／仏滅
今日の偶然
30
saturday
9
12

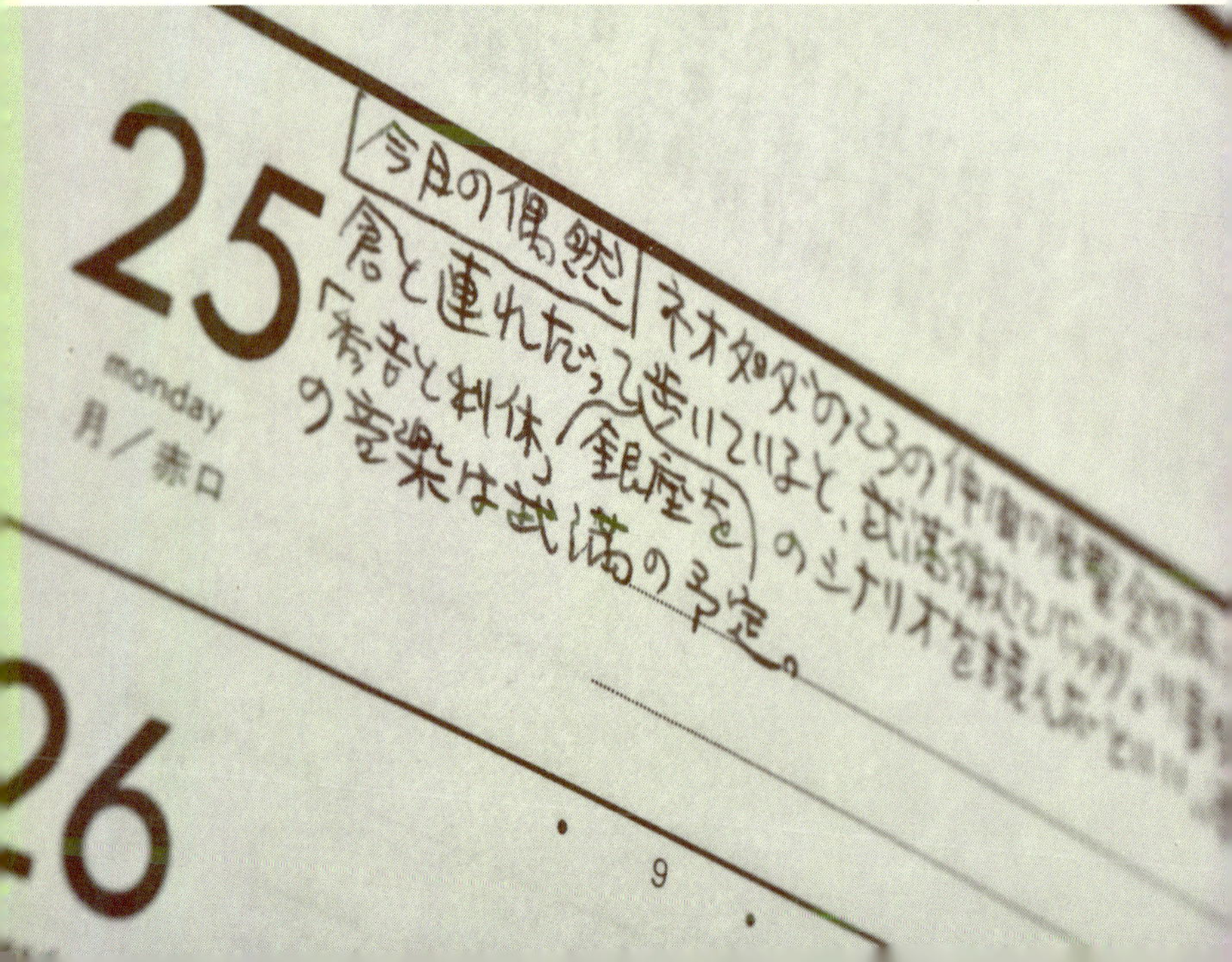
25
monday
月／赤口
今日の偶然
の音楽は武満の予定。
26
9

世の中は偶然に満ちている

目次

装丁　南伸坊
装画　赤瀬川原平
写真　伊藤千晴

序章　写真と偶然

この世の中は偶然に満ちている。

この世の始まりのビッグバンにしても、偶然から始まったものらしい。偶然から偶然が増殖して、途中から人類が加わった。

その人間には考える頭が発達して、偶然だけでは困る、できるだけ生きやすいようにと、人工空間を造り上げた。

だから都市はできるだけ偶然を排除し、自然を排除している。でも町は永遠ではなく、どうしても老化する。その老化してゆるんだ所から、追い出された偶然、自然が、じわじわと進入してくる。

カメラを手に歩いていると、いちばん面白いのはそこのところだ。

人間はふだん、町の必要なところしか見ていない。家の近所、勤め先の町にしても、まずは必要な所だけ見て通り過ぎる。

でもカメラと歩くと、人は現代人から狩猟採集民にさかのぼる。必要でもないところに目がいき、思いがけない状態のものを見つける。

思いがけない、つまり人間の想定外のもの、それが人間の目には新鮮に映るのだから、不思議なものだ。仮にそれが人間の造った物であるにしても、長い年月に忘れられ、放置されて、思わぬ状態に転化して、散歩狩猟民の目に迫る。

人間が嫌いなのではない。人間の正面よりも、その裏側が面白いのだ。人間につながる、その気配、人が去った椅子、人が脱いだ靴、人が使った道具、そんなところにかんじられる漠然とした人間の方が面白い。

Ⅰ章

偶然日記

＊凡例＊

【偶】日記（手帖）に「今日の偶然」とか、丸囲みの「偶」と書かれている「偶然」の記述。

《夢》日記に赤インキで記入されている「夢」の記述。

［＊］「偶然」と「夢」以外の記述。

偶然日記　1977〜2010

一九七七年（四十歳）

某月某日（年月の記入なし）

【偶】本屋さんに行った。道路にまで棚が出ていて、ちょっと立ち読みしていたら道路側の壁に吊った棚があった。そこにも本が並んでいて、あ、ずいぶん壊れそうな棚だな、ちょっと落ちそうだなと思いながら、下の台にあるカメラ雑誌か何か見ていたら雨が降ってきた。歩道の屋根の外に。ああ、雨が降って来たし、もう行こうかなと思って、雑誌を置きながらまた上の棚を見て落ちそうだなあ、なんて思ったら、パッと落ちてきた。

それは弾みでもなく、置いた振動でというのならもう少しわかるんだけど、そういう振動はない。釘かなにかが長年の間ゆっくりはずれかかってたのが、はずれるその瞬間をたまたま、落ちそうだと何となく感じたのかもしれない。で、ババババーッと本が崩れ落ちて、店の人が「あらあら」とか言って出て来て片付けていた。なんか変な感じがした。

それから本屋を離れて帰途につきながら、ふと思い立って果物屋に寄った。バナナを一房注文してからほかの色々な果物をボンヤリ眺めていた。店の一番前に一山いくらのオレンジの山が五つほど並んでいた。みんな重ねてあるのだけど、その一山が何故か崩れそうな気がした。そうしたらその目の前のオレンジの山が突然崩れて、道路に転がり落ちた。何か台にぶつかったとか振動があったとかいうのでもなかった。何事もなく崩れたという感じだった。店の人が私のバナナを紙袋に入れて持ってきながら「ありゃ、ありゃ」という顔をして、転がったオレンジを拾い集めている。

このときは目の前のものが崩れるという予感は別にするとしても、その瞬間を目撃したという偶然に驚いて、それがまた二つ連続したという偶然に驚いたのだ。

七月二十八日（木）

【偶】午後一時二十分ごろ、西側窓上の棚の上より、大正の「キネマ旬報」二十冊他、突然落下す。ヒートンの根元が千切れたらしい。直下で昼寝中であった。

八月二十三日（火）

【偶】すごく親しくしていた石子順造さんという評論家がいた。美術評論家で、漫画評論もやっていて、ぼくの千円札裁判でもしょっちゅう徹夜でいろいろ議論した。年は上だったが、まだ若かった。その人が癌になった。それまでにもさんざん病気をしていた。肺は切っているし、声帯も胃も痔も切っているが、気分だけはやたら元気な人で、人なつっこかった。夜中でも延々と電話で話したりした。

そういう親しい人が癌になって、亡くなった。癌というのは手の尽くしようがない。ぼくは石子さんの最初の本を装丁した。それに白い帯を張って「病気回復祈願」なんて書いて、石子さんの家はこっちのほうだな、なんて思いながらそれを置いて手を合わせたりしていた。本当は酒飲んでふざけ半分だったが、何とか元気に、みたいな感じでちょっと冗談でやっていた。それが亡くなられて、でもちょうどお葬式の日に天文同好会のメンバーと観測に行く計画があり、お葬式には行けなかった。で仕方なく喪章を買って、望遠鏡に巻いて観測に行ったりし、まあ、石子さんとの仲はそんなことでも許されるだろうと思って――ここまでは余談。

そのあと、石子さんの奥さんから葉書が来た。この間お葬式をして、いろいろお世話になりましたと書いてあり、そのあとに「桜子ちゃんへ」とあった。桜子がちょうど四歳ぐらい、石子さんにも四、五歳ぐらいの娘さんがいて、順ちゃんという。「うちの順ちゃんや円ちゃんはお父さんが死んで悲しがってたけど、いまは元気になって、うちの中に虫が入ってくると、あ、お父さんが会いに来たんだと言って歓迎しています」とあった。それまで虫とか、あまり好きじゃなかったらしい。現代っ子はわりとそうだ。それを読んで、ああ、なるほど、なんて思って桜子が帰って来たら読んでやろうと思った。それで、「ほら、桜子、葉書来たぞ」って、うちの順ちゃんたちは家の中に虫が入ってくる……と読んだその「虫」と言ったときに、ポツーンと落ちた。「虫」という字の上に。ほんとうに字の上に落ちた。ハッとして見たら、黒くて右と左に赤い丸がひとつずつ、小っちゃいテントウ虫だった。その瞬間、ちょっと声が出なかった。桜子も四つだけど、ほんとにびっくりしていた。しばらくはボーッっとしていたが、「うわあ、偶然だなあ」とか言いながらまたつづきを読んであげる。(図1)でもよくよく考えると、科学的にいうとこれはただの偶然なんだろうけど、しかし偶然がいくつか重なっている、ちょっと重なりすぎているという気がする。「虫」と読んだその時に落ちてきたのが虫であるということ、しかも「虫」という字の上に。

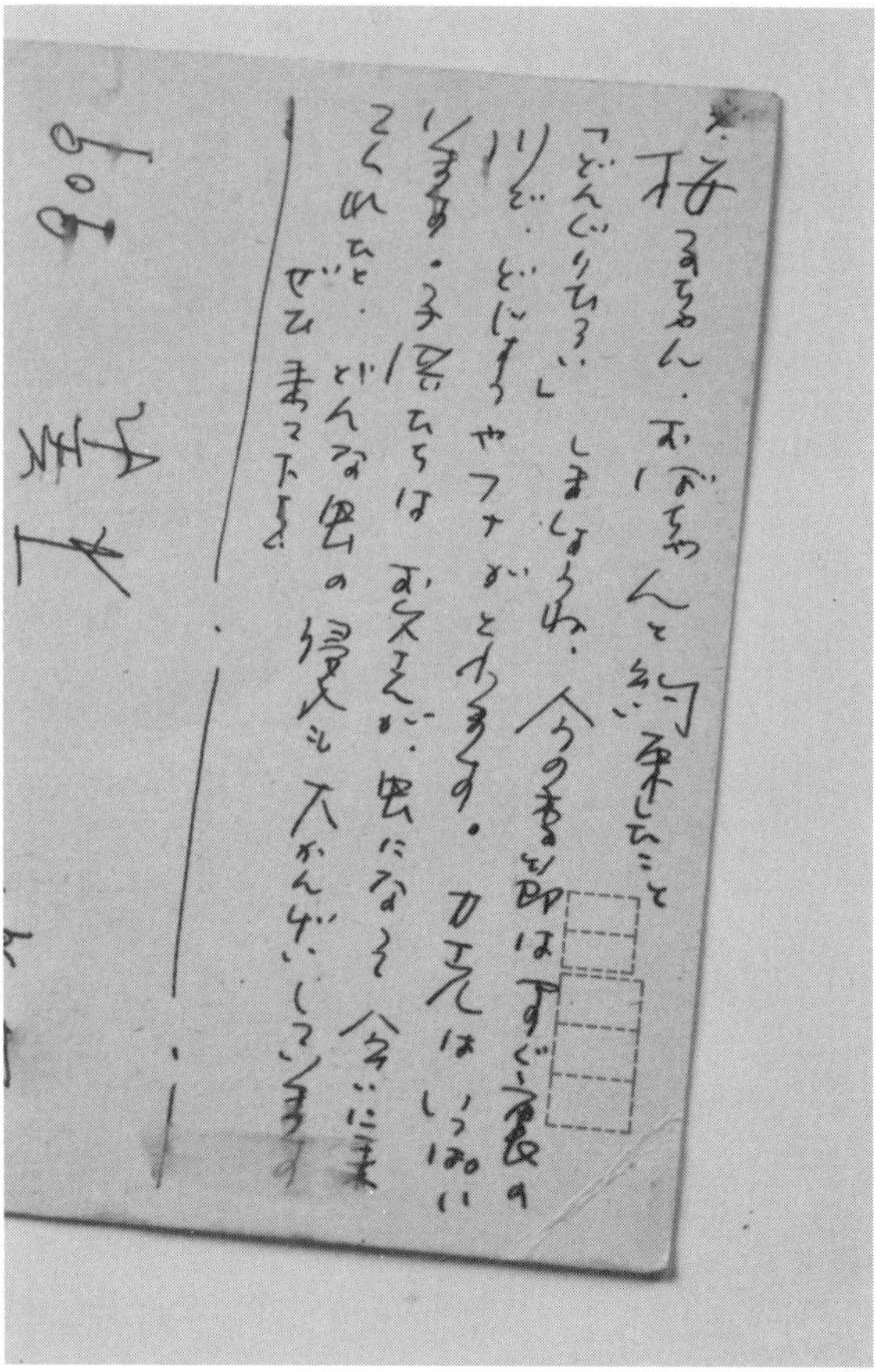

（図１）石子順造夫人からの葉書（1977年８月）――桜子にこの葉書を読んでいると、「子供たちはお父さんが、虫になって会いに来てくれたと、どんな虫の侵入も大かんげいしています」の「どんな虫」のところで、葉書の虫の字の上にテントウ虫がストンと落ちた。

一九八一年（四十四歳）

一月一日（木）
【偶】偶然についての関心が強くなり、「今日の偶然」という日記をつけはじめる。《夢》文学賞受賞にからんで角川書店から本の出版、それにまたからんで昔の犯罪の露見、ピラミッド頂上付近の証言台に立たされている。吉村益信が横にいる。そこへ角川春樹が出て来て引受人になると言う。なるほど、こうして角川に組込まれていくのかと思う。それにさらに街頭でヨソの国の革命がからむ。ヨソの国から亡命して来ている外人（アラブ？）たちが、日本の町で革命をしていて、日本人は遠巻きにして見ている。

一月十七日（土）
【偶】お茶の水「舟」で草月の人に「夢」の原稿を渡す。同じく「キネ旬」冷泉に「古都」の原稿渡す。美学校へ歩いていると、偶然上田純に会う。十五年振りくらい。髪も黒くまったく変っていない。いろは寿司で話す。上田はトンカツを食べた直後だということで、自分だけチラシに日本酒一杯。

一月十九日（月）
【偶】尚子、日の丸。ハッと思う。なにかもう印鑑を押されたようだ。二人で夕方四谷で角川中西に会う。そのあと七時、四谷「つくし」へ。糸井、村松、クマ、国田（徳間書店）、そのあと水丸。八時、電話あり。芥川賞受賞。やはり歓声が上がる。九時、みんな車で第一ホテル記者会見、二、三十人。当方やはり伏目がちなせいか、目を上げるとフラッシュがパチパチ。そのあと「ホワイト」へ行って帰ったら夜一時。

二月十二日（木） 芥川賞授賞式当日

《夢》いつもの夢の村の裏からの帰り道。だけど停車場ではなく船着場、発船時間なので走って行くが間に合わない。やれやれと待合室。弁当がポツポツと置いてある。いま発った人たちの残したものか、木製の深い立派な箱。長い箸でつまんでみると、オコワとかお吸い物とか和食弁当。これはいいと食べていると隣りの娘さんが、こちらを見ながらまた弁当を注文。残り物ではなくこれから食べるものらしい。慌てて自分も注文し直し、それを回してもらう。娘の連れの親がプンプン怒っている。

二月二十日（金）

《夢》深沢七郎の正式な表記が決まったからといって、漢字を書いたりしながら誰か黒板で説明している。

【偶】神田へ行く電車、偶然鈴木さんに会う。椿近代画廊にいた人。何度か展覧会をやらせてもらった。ずーっと小平団地にいるそうだ。小学館の３Ｆの部屋で「小二教育技術」のインタビュー。美学校は外骨のスライド。刀根康尚に会う。ロイヤル天文同好会会長田中ちひろ、美学校校長今泉省彦と四人で「高松」。

二月二十一日（土）

【偶】二時に来るはずの針生一郎、「芸術新潮」組が針生のおかげで一時間以上遅れる。きのう偶然会った鈴木さんがまた今日偶然電車で針生さんに会ったらしく、家まで案内して来てくれる。（鈴木さんも家ははじめてなのに）それから少しインタビュー。新宿へ行くタクシーの中でも話をつづける。新宿ステーションビル「明治パーラー」、刀根と会う会。大部分全滅して、来たのは谷川晃一と、幸美奈子《みゆき》だけだった。刀根と四人で和食の食事。夜一時に帰るとボブ（末弟の章）が来ていた。

五月十九日（火）

《夢》小田急線か何かローカル駅、ガードの下で兄と電車を待っている。ベンチにプツプツと色のついた水滴。あ、便水かなと思う。電車が来て頭上をゴーッと通過する。やっぱり上からかすかに水滴が落ちて来て手の甲につく。においをかぐと便の臭い。うんざりする。

五月二十日（水）

《夢》郵便局のそばの、この間行ってみようかなと思った床屋のドアをもう開けている。開けながら、あ、予想と違う悪印象。ちょうど開けたドアにまだ体が隠れているので、そのまま隠れて立去ろうかと思うが店の人に見られて店に入る。物凄く悪い店。

五月二十二日（金）

【偶】午前中女の声で電話。尚子の名古屋の友達。あとで尚子に聞くときのう入籍して十一月に出産の予定だという。切るとすぐまた女の声で電話。これは尚子の姉。あとで尚子に聞くと、姉の親友の猫が交通事故で死んでガックリきているのだという。切ってから、産まれる電話のあとで死んだ電話で、変だね、という。

五月二十三日（土）

《夢》郊外の公園ベンチで捜査会議をしている数人の婦人警官の足もとに倒れてしまう。スカートの脚が何本も目の前で、そのうちの何本かが頬に触れる。これはマズイと思って立上がろうとすると、「まだそのまま！」ときつくいわれて、頭を押さえられる。しばらく頭上で会議がつづき、それから「はい、行っていいですよ」と手を離される。立上がろうとしてベンチの背に手をかけると、グラリとする。この公園のベンチはみんなそうなっていて、ここに倒れたのもそのせいなのだ。危ないベンチだ。

九月二十一日（月）

【偶】午後一時から渋谷でパロディ展の審査。六時からシャブシャブで座談会。終わって榎本了壱、合田佐和子、高橋章子とコーヒーを飲んでいたら、あ、これはみんなムサビだねという。それにまた三人とも再婚者だねという。

十一月二十六日（木）

【偶1】お昼ごろ、青画廊のハゴイタ描く仕事はどうしようかとカナイと話合っていたら、ちょうどそこへ青画廊から電話があった。

【偶2】『本物そっくりの夢』が出来たので筑摩書房に行きサインしたあと松田君と「夕月」という店（はじめて）に行ったら、白水社の稲井さんと鶴ヶ谷さんがいた。

【偶3】そこでお酒をのんでいたら渋沢孝輔（詩人）さんがはいって来た。この人には一ヵ月ほど前に中央線の車内でバッタリ会った。

【偶・番外】筑摩に行く前、お茶の水の「お茶の水」という喫茶店で共同通信の井手和子さんと待ち合わせたのだけど、行ってみたら工事中で休みだった。

十一月二十八日（土）

【偶1】午後美学校に行くとき、いつもと違う線路ぞいの道を行こうとして、隣家のNさんのご主人の背中に会う。後からなので何となく挨拶しにくく、相前後しながら駅について電車に乗る。

【偶2】電車に乗るときペチャペチャおしゃべりしている主婦たちの口から、「………この間文学賞を受賞された………」とか「………辻………」とか「………ほら、〇〇さんの家の向かいの………」とか聞こえ、どうも自分のことをいっているらしい。

十二月二日（水）

《夢》裏庭から汚い人が二人入って来る。ルリ病（花輪和一のマンガ「肉屋敷」に出てくる奇病）患者らしいが挨拶しないのは差別だといわれそうでやむなく握手すると、たちまち右手が膿んで来る。もはや慌てて逃げる。逃げたのが患者たちに見つかりそうで物凄く遠回りする。一番遠いところからさて戻ろうとすると、建物の上を登って行くほかはなくなり、物凄く高い二階に登って降りてこられなくなり、恐怖のあまり二階の荷物を路面に落す。もはや自分が犯罪者の立場になっている。どんどん落していくと、自分が溜め込んだままになっている趣味の資料や千円札裁判の資料など。だんだん路上に山盛りになり、その上に飛び降りて逃走できそうになってくる。

十二月十二日（土）

［＊］美学校に行くので午後の電車に乗ったのだけど、立っている人が何人かいる混み具合だった。うつむいた子供が母に背中を押されて乗って来て、すぐ隅の連絡扉のところに行ってしまった。

都区内に入るころからだんだん混んできて、立っている人で向かいの席が見えないくらいになった。遠くの方から唸り声がした。酔っ払った老人のようだった。人影で見えないのだけど、お客を気にせず大声で唸っている。何かの発作かとかとも思ったが、ちょっとふざけたような口調でもあって、やはり酔っ払いだろうと思い直した。でもまだそれには早い時間で、その点で変な気がした。

唸り声は何か嫌悪の感情はあるけど、言葉としては意味不明だった。みんないったいどんな奴が唸っているのだろうかと、チラチラとその方向へ視線をやるけど、よくわからないふうだった。私もチラチラと見たけど、誰の声なのかわからない。見たいのは見たいけど、ハッキリ見てかかわりになるのは嫌だというふうで、私もそうだった。

その唸り声の調子からして、座席に寝転がっているのか足を投げ出しているか、床に頭を落しているのか、とにかく相当乱れた姿勢を想像するけど、チラと見た感じではそれらしい人がいるようにもない。

御茶の水で降りるときに、そこに近い出口から出たけど、やはりどの人だかわからなかった。外に出てからも窓越しにその唸り声のあたりの座席を見たけど、みんな平然とした顔で乗っている人たちだけだった。結局わからずじまいで電車は発車して、私は改札口に向う階段を昇った。そうしたらその階段をいっせいに昇る群像の先の方で、その唸り声がまたポツンと聞こえた。同じ駅で降りていたのだ。

私はどうしてもその声の主を確かめたくて、回りの人を追い抜くようにして階段を昇って行った。乱れた姿勢で昇る人を想像しているのだけど、なかなかいない。するとまた一回老人の唸り声がして、うつむいた子供の姿が目に入った。母親が背中を押している。それだと思った。証拠はないけれど一度にわかった。子供が老人のような唸り声を出していたのだ。たぶん何かの障害なのだろう。それだけのことなのだけど、ショックを受けた。

明らかに老人の乱れた酔っ払いの声だと思っていたのが、うつむいた子供だった。滅亡したあとの生き残りの人のような存在感であった。慌てていた私の歩調がゆっくりになると、その母子は駅前の雑踏の中に消えて行った。

十二月十五日（火）

【偶】朝八時、「太陽」の仕事で築地に取材、あちこち見て歩いて十時半ごろスタンドの食べ物屋の並ぶ通りで、道端の台でモツ煮でビールを飲んでいる田中信太郎（ネオ・ダダ・前衛芸術家）に声をかけられる。これから画廊に行って夕方昔の連中と宴会があるのだという。

十二月十七日（木）

【偶】尚子と国分寺へ出てはじめてビリヤードをした帰り、駅前通りを歩いている小島信明（前衛芸術家）（図2）を見た。タイミング悪く声はかけられなかった。八月に近代美術館で会ったばかり。土曜日、美学校の帰り、今泉さんとその「60年代展」の話をしながら、「小島信明はよくあんなものをとっておいたねえ」と今泉さんが呟いていたのだ。

十二月二十二日（火）

【偶】兄と弟に会うので渋谷東急プラザ2F喫茶「フランセ」で待っていたら川本三郎氏に会った。

一九八二年　（四十五歳）

一月十四日（木）

《夢》ジャイロスコープ付自転車が何台か町を走っている。夕焼けに近い町。

二月一日（月）

【偶1】午後二時ごろか、クマさんとCMのことを話していた。フリカケのCMにクマさんが出ることになっている。ミナミの野郎は最近売れていて、あのミナミのオムスビイラストをキャラクターにしてアニメで動かすCMが二つも来ている。なるほど、そうか。オレもCMしたいなあ、とか電話して切ってからすぐあと、TCJというプロダクションから電話があり、仁丹のCMの仕事をやる気があるかどうか、とりあえず確かめたいという。「ある」といった。

【偶2】ノバ・シグナス一九七五という、一九七五年にあらわれた新星がある、日本人が発見して、そのときのことを前にちょっと雑文で書いた。それをもとに、小説にした。「オール讀物」というわりと読まれている雑誌だったので、それを読んで、発見者の一人である本田実さんという人から手紙が来た。ぼくは天文観測をあまりちゃんとやってないのだが、興味があるから、「天文ガイド」なんか読んでいて、本田実と言う人は、――もうずいぶん年配の人だが――アマチュアの第一人者だと知っている。

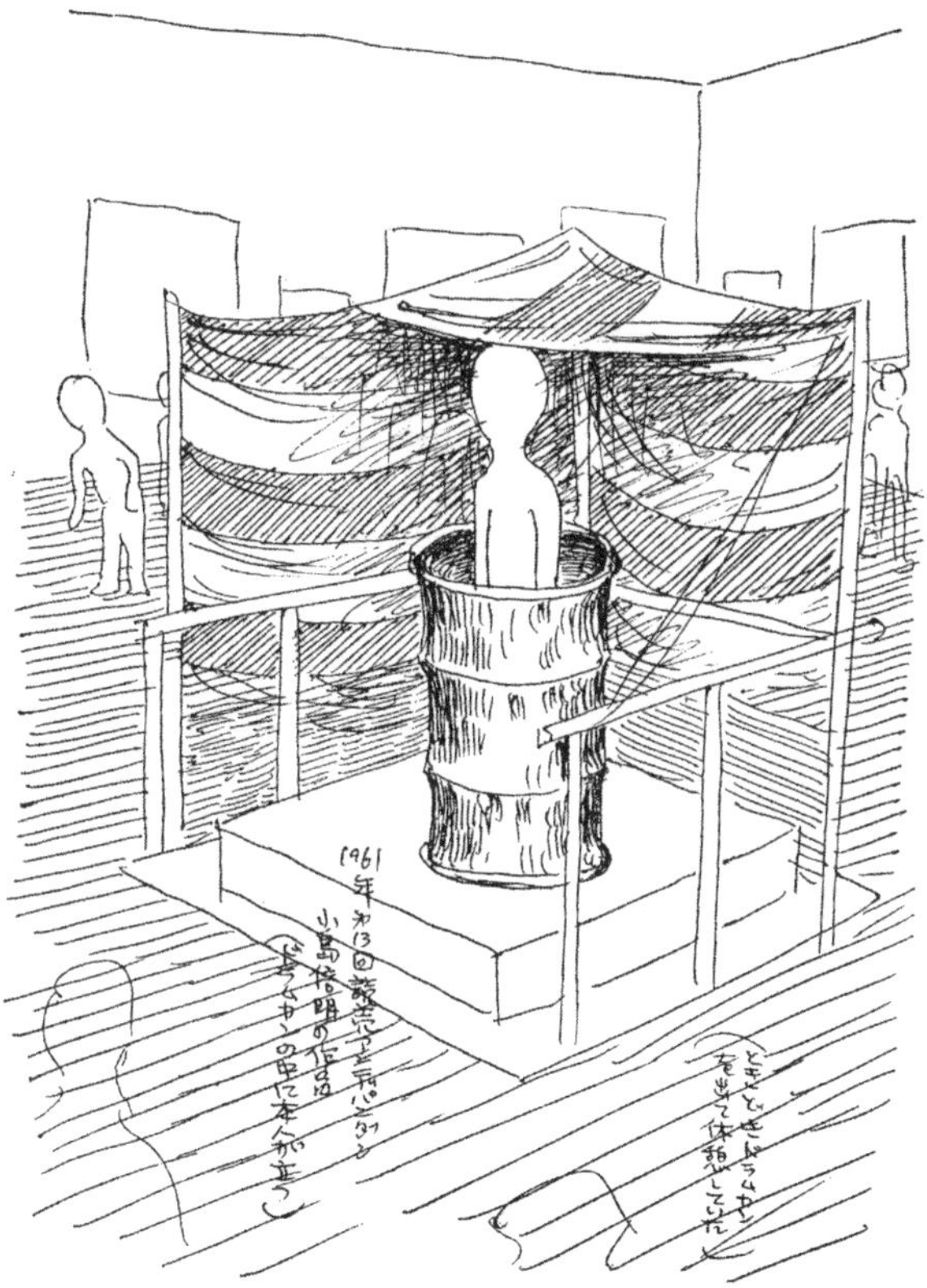

(図２) 赤瀬川原平＝イラスト「第13回読売アンデパンダンにおける小島信明の作品」――『いまやアクションあるのみ！』(1985年・文庫化に際して『反芸術アンパン』と改題) の挿絵として描く。

その本田実さんからの手紙が版元の文藝春秋経由でうちに来た。こちらは半分嬉しい。でもお手紙の内容は、あれは発見日が一日違ってるんじゃないかというものだった。小説だけど、かなり実録的に日にちを書いてあったので、言われてみると、ほんとうに間違ってたのがわかった。これはしかしどう返信書こうかなあと思ったりしていた。それが午後のまだ明るいとき。

夜になって、尚子が、「あ、なんかテレビで言ってるよ」と言う。慌てて行って「ニュースセンター九時」を見ると。「本田実さんが、第八番目の新星を発見しました」と言っている。新星発見なんて、生涯、そうはないことだ。ぼくとしてはちょうどお手紙をもらったときにそれだから、ただ驚くばかり。驚いて、そのことを返事に書いた。

二月六日（土）

〔＊〕〔はじめてのこと〕
〔1〕美学校でいままで皆勤のアノ吉野仁くんがはじめて欠席。先週、38度だった風邪がまだ治らないらしい。
〔2〕先週事務局の冷蔵庫にとっておいたビール二本を今泉さんが飲んでしまったことのお詫びなのか中華風お惣菜のパックを差し入れてくれた。ガラスの器に生徒の数だけ五本の割箸もそえて。
〔3〕先週からの約束で、授業でポラロイドカメラによる念写をした。いつも授業の最後に岡田君が全員の記念撮影をしているカメラ。ところが念写をはじめて五人目のところでカメラが故障

してしまった。

二月七日（日）

《夢》久し振りに便所の夢を見た。夢では知人の邸内の便所に立って放尿をしている。それがどうも怪しいと思って目を覚ました。大事は免れたけれど、二、三滴が下着を濡らしていた。私は子供のころの夜尿症が長かったのでよくこんな夢を見ては、そのあと大事に至っていた。大人になってからもときどき便所の夢は見るが、大事には至らない。だけど二、三滴とはいえ、じっさいの水滴がでたのは何十年振りのことだ。

二月八日（月）

【偶】小学三年生の娘が珍しく布団を濡らした。娘はオシメがとれてからはほとんどオネショをしていなかったので、これもまた何十年振りのことだ。娘はケロリとしている。私はきのうの今日に驚いた。

二月九日（火）

【偶】これは本人としてはまだ思いがけないという時期だったらしいのだけど、昼食の途中でカナイの体からチピリと日の丸が垂れたという。それは昼食がすんでしばらくたってから報告された。私はそれを聞いて驚いた。何か三日間を貫いて走り抜けるようなものを感じたのだ。私たちは、この三日つづいた同種の偶然を不思議がった。

《夢》夜空にはっきりと銀河がみえている。東京でもこんなにハッキリ天の川がみえるんだなぁ、と思っている。

【もう一つの偶然】きのうホテルニュージャパンの大火。今日羽田で飛行機墜落。そうしたらいま夜のニュースで、フィリピンで飛行機墜落。

二月二十二日（月）

【最近の偶然】

【1】テレビなんてあまり出ないのに、一月十日に「素晴らしき仲間」に出て、その明くる日「思い出の人」に出た。

【2】ラジオなんてあまり出ないのに二月十九日ラジオ短波で小室加代子との対談を録音し、二月二十三日朝、神戸のラジオ関西で「ホットに語ろう」の生放送に出た。

【3】最近パーティが集中している。

高信太郎を励ます会	二月二十六日	¥10、000
ヨシダヨシエ	三月五日	¥5、000
「噂の真相」	四月十日	¥6、000
部落解放同盟	四月九日	¥10、000

【4】三月二十六日　ギャラリー216で川仁宏と公開対談
三月二十七日　紀伊國屋で「ガロ」の公開座談会

二月二十四日（水）

《夢》下痢でパンツを汚してしまい、いっしょうけんめい拭き取っている。

二月二十五日（木）

《夢》制服警官が私を逮捕しに来るが、聞いてみると逮捕状を持っていない。そのことを指摘すると警官は不服そうな顔をしている。

三月五日（金）

【偶】明大前でヨシダヨシエ出版記念会、吉祥寺で井の頭線に乗り換える途中、構内のたち喰いソバ屋ではじめて山菜ソバを食べた。三時半。

三月七日（日）

【偶】読売アンデパンダンの取材で利根山光人のアトリエへ行った。一通り話し終わって茨城での中学校時代の絵の恩師が大分の明暗先生だといわれて驚いた。

【五日からの偶然】刀根山光人の自由が丘アトリエへ行くので吉祥寺で井の頭線に乗り換える途中、構内の立ち喰いソバ屋で山菜ソバを食べた。四時半。腹具合やその他の事情ではからずも二日前とまったく同じことになってしまった。同じ席。

三月八日（月）

【偶】川本久（画家）の個展で「祐乗坊（嵐山光三郎）も来るといってた」といわれ、え、川本は祐乗坊を知っているのか、と意外に思った。それから酒を飲んで、夜、終電近くの新宿駅ホームで祐乗坊に会った。（下中社長⁉）もいっしょ。

三月九日（火）

【偶】鷹の台から、ほとんどはじめての電車に乗って東村山の税務署に行き、確定申告をすませ、また東村山のホームから折り返しの電車に乗ろうとすると、そのドアから浜津守（美学校生徒）が降りて来た。アニメーションの仕事で来たのだという。

三月十八日（木）

【偶】造形社の仕事。滝川さんの車で長谷川龍生さん（詩人）と三人乗って東名高速をちょっと行ったところ、ゴテゴテした中世調建物のラブホテル「アンデルセン」を見て凄いなあと笑っていたら、隣を走るトラックがベビー用品の会社のものらしく「アンデルセン」と書いてあった。三時ごろ箱根のノーベル書房山荘に着く。硫黄の温泉。

三月二十二日（月）

《夢》仕事をしていると家の中を大蛇がよぎる。直径三十センチぐらいの太いの。また仕事をしていて、今度は窓の外の庭の竹藪に大蛇。今度は直径十センチぐらいそれでも大きい。頭のところに可愛い猫。見た感じでは猫がとまどっているようで、蛇のボディに生気がなく、これは大蛇が猫を飲み込みきれずに引きずっているところらしい。家の中にはいろうとするので、追い出そうと待ち構えていたのに、入られてしまった。桜子に探しなさい、といいつけている。

目を覚まして母に聞いたところでは、八畳のガラス戸のクリ（飼い猫）（図3）のはいるための

（図３）赤瀬川原平＝写真「クリと尚子と桜子」（1980年10月）――南伸坊が飼っていた猫が出産し、生まれた４匹を、１匹は南が、その他を、篠原勝之、根津甚八、そして赤瀬川原平が貰った。

隙間から入ったのか、白マル（クリの友だち）が六畳まで入ってきていたらしい。

【偶】「写真時代」が送られてきた。中にハイレッドのことが書いてあって、カーネギーホールでのフルックスの梱包の演奏がのっている。それといっしょに「ＦＵＬＵＸＥＳ」の分厚い記録集が届いていて、中にハイレッド・センターのことと、その演奏のことがのっている。

三月二十三日（火）

《夢》ヤクザの本拠地に入り込むハメになり、その悪そうなボスに千円札事件のときのことを一生懸命説明している。イジ悪そうな幹部みたいなのが後からこちらの口を少し指で押さえたりする。

三月二十五日（木）

【偶】読者からの手紙へ返事二通。零円札所望は愛知県の伊藤さん。署名所望は伊藤さん。もう一通、美学校の工藤君。

四月十日（土）

【偶】夜、毎日新聞の桐原良光さんからブータンで杉浦康平が死んだという外電のニュースを知らされて驚く。追悼文をと頼まれるが、「遊」の松岡正剛などどうかと提案する。どうしてもと頼まれ直したときのために「巨人が死んだ。掌や胸板の大きい人だった」という印象をたしかめているときＴＢＳの川上さんから電話があったので、そのニュースを教えると驚いていた。その後また桐原さんから電話で、死んだのは杉浦康平ではなく奥さんだという。また驚き直して複雑な気持ちになった。奥さんとは一月ほど前、川本の個展の二次会で、東松照明といっしょに死の話をしていた。私は死ぬのが怖いと正直にいったのに、奥さんはこんな世の中いつ死んでも平気だと明るくいっていた。ひょっとしたらそれも正直だったのだろうか。

四月十一日（日）

【偶】新宿紀伊國屋の「ガロ」サイン会に行くので、尚子、桜子といっしょに、お昼過ぎの中央線の電車に乗った。吉祥寺か西荻あたりで、止まったホームに藤沢典明（洋画家）が見えた。むこうも車内の私を見たようだった。乗ってこちらに来たら挨拶だな、と思っていると、乗ってから何となく向こうの方へ行ってしまった。

紀伊國屋では九階特別室に行くと、むかし見た森芳雄（洋画家）の二人像の大作があった。ちょうどいまその頃のアンパン（読売アンデパンダン）の話を書いているところだ。サイン会が終わってから、アンパンの担当編集者の村上さんと、また九階に上がって森芳雄の絵の前に坐ることになった。前夜の電話の訂正をした。

五月四日（火）

【偶】今日は文春に兄の本の装丁原稿（図4）を持って行き、そのあと渋谷の榊原陽（言語交流研究所顧問）事務所へ行った。

【1】国分寺から中央線にのるとき声をかけられた。武蔵美のころの同級生（あまりつき合いはなかった）の岡村君だった。新宿までの間武蔵美時代のことを話し合う。
【2】渋谷から帰り井の頭線で吉祥寺。一人夕食をすませてカメラ屋をちょっとのぞいていたら声をかけられた。去年武蔵美大の学園祭で話しに行ったときの実行委員の生徒だった。
【3】富士宮の弟が娘を連れて突然遊びに来た。カナイ、桜子とで中華に行ったところへ私が帰って一休みしていたらカナイの妹から突然電話で、息子を連れてちょっと寄りたいという。秋津の実家に来ていたのだ。これは会わずじまい。

五月二十三日（日）

【偶】西春彦氏（元外交官。父廣長の従弟）の九十歳祝賀会の帰り、横浜駅のホームで東海道線に乗ろうとした直前に田中信太郎にバッタリ。以前にも築地市場にルポした帰り、路上の一杯屋でバッタリ会ったむかしのネオ・ダダの仲間。

六月五日（土）

【偶】美学校へ行く途中、ブロンズ社の有明氏に会う。しばらく、といいながら、いまブロンズ社が不渡りを出して倒産したところだといわれる。

六月九日（水）

【偶】虎ノ門のユナイトで「ロッキーⅢ」の試写を観た帰り、雨なのでタクシーで尚子と新宿ま

(図４) 赤瀬川原平＝装丁『球は転々宇宙間』(1982年) ──兄（赤瀬川隼）の作家デビュー作で吉川英治文学新人賞受賞作。『影のプレーヤー』(1985年・文藝春秋)、『野球の匂いと音がする』(1990年・筑摩書房）も同じく、原平装丁による隼作品である。

で行き、伊勢丹で降りたらその直前で美学校の写真の成田秀彦先生とバッタリ。午後の三時すぎだった。

七月十九日（月）

《夢》集団で住んでいるどこかの家。二階。部屋のガラクタに紛れて蛇が一匹見当たらなくなったというので凄く不安。部屋にかえりたくない。だけど忙しさに紛れて、その日の晩はその部屋で寝る。明くる日その家で炊いたご飯の中に蛇が紛れ込んで炊けていたというので、不安が消えてホッとする。

七月二十四日（土）

【偶】石子順造七回忌。藤枝市の自宅の仏壇の前で二十人ほど集まる。中に思いがけなく渡辺眸（写真家）さんがいた。それで気がついたのだけど前日仕事が出来ずに部屋の中をフラフラしながら、本棚の上から用もなく取り出したのが眸さんのインドの写真カレンダーで、それをパラパラと見ていた。そんなもの、もうここ何年とページをめくっていない。眸さんにそのことをいってみたら、そのカレンダーのこと自体を本人が忘れている。

八月十二日（木）

【偶1】大分の時の絵描き仲間の一人、辻塚さんが、今度転勤で東京に住む。そこで、歓迎会をやろうと、久しぶりに大分の連中が集まることになった。ところがその歓迎会の日はちょうど村松友視さんの直木賞授賞式と重なっていて、それで行けないという返事を出しておいた。

今日、式場の日比谷にいくのに、神田の美学校に寄った。自分のロッカーから資料を取ってくる用事があった。それで神田の雑踏を歩いてたら、「雪野！」という声がいきなりした。雪野とは大分からの友人。あれっと思って見たら、もう顔も忘れていたけど、立川さんがいる。立川さんというのは武蔵美の彫刻を出た先輩。やはり大分の人で、その日歓迎会に行く人なんだけど、武蔵美のとき以来、二十年ぐらい会ってなかった。

「あれ雪野いるの」と言ったら、「いやあ、間違えた」とか。ぼくと雪野はしょっちゅうくっついてたもんだから、ぼくの顔見て思わず声がでたらしい。これはかなり不思議な……。二十年に一回だから。特にその人とは大きいドラマはないが、にもかかわらず、これは相当な偶然だった。彼も神田に来ることはほとんどなかった。ちょうど地図を買いに来たとか。ぼくは神田の美学校に教えに行くといっても週に一回土曜日で、それ以外に行くことはまずない。

【偶2】前日たまたま浴室用におろしたタオルが徳間書店のだった。そうしたら直木賞の授賞式で徳間の国田さんに会った。

九月十三日（月）

【偶】今日鈴木志郎康さんから来た手紙によると、九月のある日、町に出た帰りたまたまヒマで古本屋に寄り、浅川権八という人の書いた『機械の素』という本を買って帰ったら、自宅のポストに私からの贈書『純文学の素』が届いていたという。しかもそれを読んで両方の書き方がそっくりなのでまた驚いたという。

九月十四日(火)

【偶】「1900年」の試写会を観に行こうと中央線に乗っていた。新宿駅に停車中にボンヤリホームを見ていると、目の前のホームに階段を登って来た篠原勝之がニューッと姿を見せた。黒っぽい着物に小さなクラリネットのケースを手に提げていた。レッスンに行くのだろう。電車はすぐに動きだして、声をかけられなかった。

九月二十五日(土)

【偶】今日お茶の水の「ジロー」でニセ札の件で取材したいという「月刊プレイボーイ」の人と待ち合わせした。その前から北冬書房の高野慎三さんと話をしながら待っていたのだけど現れず、あとで聞くとちゃんと定刻に来ていたというが、向こうは探さなかったのだろう。不届きな奴だ。前に九月十一日のやはり土曜日、やはりこの「ジロー」で、やはりニセ札の件で取材したいという「週刊サンケイ」の人と待合わせして、そのときもやはりこちらは別の人と話しながら待っていたのだけど、現れず、それらしい人は来たのだけど、その人は探そうとせずどっかりと椅子に坐り、入口の方だけ見ている。こちらは三十分待ったが来ないので出て来てしまった。あとで聞くとどうもやはりそれがサンケイの人だったらしい。探そうともせずに不届きな奴だ。

九月二十七日（月）

《夢》壁の高さが半分しかなくてしゃがまないと外から見えてしまうトイレ。外はレストランでテーブルに家族連れがいる。トイレは一つの穴に二人用。別の人が来ていっしょにしゃがむと床が落ちそうにしなう。しかたなく別のトイレを探し歩く。むかしの夢で来たことのあるどこかの大学の仮校舎。

【偶】大分の上野ヶ丘中学の同窓会をやるからとの大分からの電話。三十分ほど後にまた大分からの電話で「広報おおいた」の原稿の件。

十月九日（土）

【偶1】松沢宥（図5）の個展へ行くために原宿で降りる。サプリメントギャラリーがわからず二度電話して歩いていると、美学校生徒の長沢君に会った。

【偶2】長沢君といっしょに画廊へ行き、個展を観て松沢さんと話したあと、神田の美学校へ行くので長沢君と地下鉄に乗り、日比谷で乗り換えるとき「オール讀物」の明円《みょうえん》さんにバッタリ会う。

十一月十二日（金）

【偶】夕方、神田で堀切直人の出版記念会。二次会で新宿ゴールデン街「青梅雨」に行き、入口で出てきた谷川雁にバッタリ。「アサヒグラフ」大崎紀夫と深夜叢書の斎藤愼爾もいっしょだった。別にそれほど偶然でもないか。谷川雁がずいぶん小さくなっている気がした。

十一月二十二日（月）

【偶】お昼にナオコと革ジャンの話をしていた。最近坊主にしてからはグレー系統が似合うのでグレーの革ジャンがいいなといっていた。でもグレーの革ジャンなんてなかなかないともいっていた。夕方渋谷のスーパースクールに話しに行った。エンジンルーム（「ビックリハウス」編集室）の南雲がいて、見るとグレーの革ジャンを着ているので驚いた。じっさい見るとちょっとビニールみたいであまりいいとは思えなかった。

十二月十五日（水）

《夢》昔、夢のことでよく通っていた裏道をまた通っていて、久し振りだなあと思う。細い渡りにくい石段などがそのままある。家の裏庭に犬がいたのがやはりまたいて、少し大きくなっているなあと思う。名前のわからなかった動物がまたいて、ラマみたいな動物だなと思う。

十二月十六日（木）

【偶】お昼過ぎ文春まで「雪野」のゲラを見に行くので四谷のホームを歩いていると、向こう側のホームから呼ぶ声、見ると高信太郎。十四日の末井昭の出版記念会で久し振りに会ったばかり。

（図５）赤瀬川原平＝イラスト「第15回読売アンデパンダンに出品された松沢宥の作品」——『いまやアクションあるのみ！』（1985年・文庫化に際して『反芸術アンパン』と改題）の挿絵として描く。

一九八三年　（四十六歳）

一月三日（月）
《夢》火事と蛇の夢。詳細は忘れた。

一月七日（金）
《夢》電話で兄に「雪野」の読後感を聞いている。「最終章がちょっとね」といわれて、ああやっぱり……、と思っている。

一月八日（土）
【偶】机に向いて仕事をしながらふと目を上げると花瓶のチューリップの花の右にうなだれていたのが、音もなくゆっくりとねじれながら左に向きを変えているところだった。十秒ほど。

一月十二日（水）
【偶】渋谷で草月出版の人に原稿を渡したのがセンダックの絵本の紹介。その直後榊原事務所でヒッポ（ファミリークラブ）の絵本の打合せ。藤枝リュウジ（イラストレーター）、山崎栄介（イラストレーター）。そのあと酒。

一月十三日（木）
【偶】昼食後、星セントルイスの話をしていたら、そこへちょうど付人の滝沢から電話。

一月十四日（金）
【偶】夕食にビールの栓を抜こうとしたら栓抜きが折れたのでビックリ。昔のサントリーのオマケの栓抜き。
一月十五日（土）
《夢》自分のとは違うコクヨの中折れ式シャープペンシルを友人から借りて分解しながらナルホドといっている。
【偶1】北冬書房高野さんから返送されて出し直しの年賀状と北冬書房の「夜行」が同時に届いた。
【偶2】朝起きてストーブに手をかざしながら、たまたま目線の行っていた中華鍋用の掻混用《かきまぜよう》シャモジ（？）が数年前に買ったまま一度も使わず錆びてぶら下がっているので、「あれ捨てないとなぁ」と呟いたら「あ、あれの夢を今日見たの」とナオコが言った。
一月十七日（月）
【偶】一橋学園「クラウン」で吉野に会う。自転車で国分寺へ。吉野もいっしょに自転車で。途中吉野の家の前を通った。「アミー」でパルコ出版の山村武善と。そのあといっしょに飲みながら、尿道炎の話。隠された偶然。
夜、兄の直木賞はダメだった。十四日の折れた栓抜きを想い出す。これはかなりの偶然。

一月三十一日（月）

【偶】ヒッポ絵本の相談で榊原事務所へ行く途中、行く前に会ったのが、福音館の澤田さん。原画返却。以前（一月十二日）には同じ状態で草月出版のセンダックの書評で待ち合わせ。いずれも童話的仕事のめぐり合わせ。喫茶店を出たところで杉浦康平に会ったのも偶然だった。

二月三日（木）

【偶】午前十一時十五分『吾輩は猫の友だちである』（中央公論社）の読み直しで、「揺れる不動産」の「隣も同じ大家さんの……」あたりを読んでいたら、玄関に人あり。隣の空き地が売りに出ている広告についての調査。不動産広告自主規制団体の人。

［＊］東中野の新日本文学会で講演。帰りみんなで飲み屋へ行き、都庁労組の人にアスレチックの話を聞いたりしてスイミングスクールに行くつもりになった。

二月六日（日）

《夢》布団を入れるので押入れを開けてみると、誰がやったのか、使ってないはずの布団や毛布の入れ方の順番が間違っているので、全部出して最初から畳み直して入れ直している。

友人がニコンの新型カメラ二台を持っているので驚く。一つはペンタを四角くした一眼レフ。もう一つはシガレットケースみたいな薄いもので、パタンと開くとレンズが出てくる。いずれもチョコレートグレーのレザー張りで、私のもニコンに「2」とかほかの文字がいくつかはいり、見たことも聞いたこともないものだ。その薄い方のカメラを触りながら、とうとう出たかと嬉しくなっている。

二月七日（月）

《夢》唐十郎が火炎放射器を持っている。雪野もその遊びを知って笑って傍観している。私はそんな遊びにヘキエキして、ビルの中を唐の火炎放射器からどう遠ざかろうかと動き回っている。

【偶】河野多恵子氏から電話あり、励まされた。その直後、中公早川幸彦氏からＴＥＬあり。以前河野氏の助言を伝言してくれてその助言について河野氏への手紙に書いたばかり。

二月九日（水）

【偶】一ッ橋学園の駅を入るとき、お隣のＮさんの娘さんに会った。そこから電車にのって国分寺で乗り換えるときに、Ｎさんのお母さんに会った。（二人はそこで知らずにすれ違ったもよう）

［＊］銀座の東和試写室で「東京裁判」四時間半を観る。

二月十九日（土）

【偶】十六日に殖産住宅の大森さんの持ってきてくれた剣菱をきのうの夜飲んだ。家で剣菱を飲むのは久し振りだ。今日美学校へ行ったら今泉さんが剣菱を湯呑みに注いでくれた。美学校にあるのはだいたいが焼酎で剣菱があるのは久し振りのことだ。

［＊］生徒が日曜に六本木の煙突へ行ってきたという。煙突の上まで昇った写真があって、その神をも恐れぬ所業に驚く。（図6）

二月二十五日（金）

【偶1】昼食時、最近の中学生暴力や登校拒否の児の原因は、最近の食生活の影響もある、と尚子と話合っていた。午後届いた「教育の森」の私の「放課後のチチヤス」の隣のページに「非行、落ちこぼれは健脳食で治る」という飯野節夫氏の一文あり。ちなみにこの人は大分大学教授だ。

【偶2】午後、昔の家主（女子大裏）から美学校のことについて電話あり。「こちらには、まいりませんか」「ええ、吉祥寺の町にはたまたま行くけど、そこまではなかなか」などと会話。夜になって三浦君から六〇年代美術の写真のことで電話あり。直接見に行った方がいいということで、行く先の田鶴浜君の家というのが女子大裏。明日行くことになる。

二月二十八日（月）

《夢》帰り道によその都道府県から来たような、それも一時代前の古い警官隊、アクシデントがあったらしくて道に立往生中。それまで軽い気持ちで持っていた千円札のコピー数枚を、これはマズイと思う。通り過ぎるとき一人の警官が人なつっこくついて来る。制服ではない。本隊をだいぶ離れて道を教えてくれたお礼にオニギリを一つ、どうしてもくれるという。誰かの家の土間で仕方なく受取ると、しゃがんだ大人ほどもある巨大なオニギリ。受取ってつかんだところが千切れてしまい、とりあえずそれだけ食べるが、とても全部は食べきれない。

どさりと土間の上り板に落ちたオニギリの一部が死体の一部ということになってしまい、その家の者が出て来る。死体の一部は肩から切り落とされた右腕、血は出ていない。犯行をめぐって

（図６）「超芸術トマソン博覧会悶える町並」展の案内状（1983年11月）——飯村昭彦が、麻布谷町の煙突に一人で登って撮った写真。

論争中。右腕は開けっ放しの襖にかじりついたりしている。右腕ではなく幼児なのだ。やはり半身が削られているが、血は出ていない。泣きわめきもしない。立場上苦しく、目を覚ませばほっとして逃げられるかもしれない、と必死の力で目を覚ます。

三月一日（火）

［＊］午前中の講演を終り、金をもらって急いで姫路を発つ。京都で乗り換え奈良についてホッと一息。

三月三日（木）

【今日の偶然】夜の二月堂でおみくじを引いたら尚子と私二人とも二十二の吉だった。

【偶】京都で新幹線乗り換えのとき、京都駅のコンコースで黒いベレー帽の本田実氏を見かけた。数人の人と立っていた。これから発つところか、それとも降りたところか、ぼくは面識がないのだが、写真で見て知っていて、間違いなく本田さんが立っている。寺内大吉みたいな顔をしてる人でベレー帽をかぶっていた。あ、本田さんだ、と思ったけど新幹線の乗り換えで、時間がなかったということもあるし、ぼくはテレ屋なのでつい言えなくそのまま帰ってきた。

三月七日（月）

【偶】「クロワッサン」がフローライト高橋P型望遠鏡の撮影に来た。ゆうべ電話で会長さんと高橋フローライトをめぐる杉野君の話をしたばかり。「クロワッサン」の陳さんが手帖とライターを忘れて行った。

三月八日（火）

《夢》大きな民家で検事（杉本昌純）から調書を取られている。じつは自分の家なので八畳の部屋のほうへ行ってみる。一日中開け放しだったので出来たてのクモの巣がいっぱい体にからみつく。縁側の敷居のところにはヤモリまで、五、六匹がからまって跳ねたりしているので、追い払うのに何を手にすればいいかと考えている。

三月二十一日（月）

《夢》はじめて行ったビルの中の住まいの便所。男便器の横にちいさな水受けがあり、かなり上の方に水道の蛇口がある。水が大量に出しっぱなしになっている。もったいないので止めてみるが、本当はこれ、出しっぱなしにしておかないと何かの機能が止まってしまうのかな、とも考える。

三月二十三日（水）

【偶】生命保険加入の検査で新宿へ。家を出るときふと紺色のスニーカーを履く気になった。冬の間ずーっと履かず埃だらけ。時間がないので慌てて埃を払って家を出る。行く道走ろうと思うがYさん母子がキャッチボールをしているので走りにくく、道を曲がってから走ろうと思う。曲がる直前、笹間材木の前の道で、職人が古いベニヤ板を出してバタバタと埃をはたいている。古いベニヤだな、と認めた直後、目にゴミが入る。かなり大きく涙を出しながら、予定通り道を曲がって駅まで走る。電車の中を目をつぶって新宿まで。三浦早苗さんに会い、住友ビルで診察を終り、三浦さんの知っている新宿三丁目の眼科の老女医にやっと取り除いてもらう。
新潮社の鈴木力にあうのでお茶の水へ。中央線に乗ろうとした新宿駅ホームで多田美波（彫刻家）に会う。いったん別れて電車に乗り込み、空いた座席に坐ろうかどうしようかと思っていると、後から来てすっと坐ったのがまた多田美波。
お茶の水「ミロ」で鈴木さんと書き下し小説「贋金づかい」の構想会議。ずいぶん内容が発展する。出ると雨。家を出るときふと雨具を疑ったのを思い出す。ビニ本屋二件取材。あとビールを飲んで、小説の構成さらに発展。

三月二十七日（日）

【偶】「中央公論」に書いた小説のゲラ刷り校正を返すので吉祥寺パルコ7F「バイカル」で早川幸彦に会う。小説の内容にも関連しながら、早川が持っていても仕方がないが尾辻が持っていれば価値があるはずだといって京都の特製キャンバスバッグをもらう。ちょうど自分の誕生日。

三月二十八日（月）

【偶】筑摩書房の松田哲夫（馬オジサンと泰平小僧の文章をまとめる仕事『野次馬を見た！』で関係中）に仕事の急用で電話すると、今日まで休みを取っているという。パルコ出版山村武善（ハイレッド・センターの写真・文章をまとめる仕事『東京ミキサー計画』で関係中）に仕事の急用で電話すると、やはり今日まで休みを取っているという。

三月二十九日（火）

《夢》美学校の生徒たちが大勢ゾロゾロと深夜、うちを訪ねて来る。道々卒展の討論しながら、酒をくみかわしながら来たようで、うちに入れてお茶でも出そうと思うが多すぎて入りきらない。卒展というのはコンサート会場での演奏や演劇。内ゲバで大勢が死ぬ。遺体の葬儀をしようとするが、危険なので中止。遺体の両眼の中に弾丸が発射するように装置されているという。

四月一日（金）

【偶】ハイレッド・センター写真集のことで三浦君来宅。打合せ中、この際思い立ったときにとVAN（映画科学研究所）の城之内元晴に電話する。その夜VAN関係のハクシカからお花見しようとの電話あり。双方とも何年振りかの電話。

四月二日（土）

【偶】永福図書館へ行く時間を一時間早く間違え、吉祥寺で時間が空いたので、井の頭公園へブラブラ行くと大勢の人出。池の橋のところで高野慎三さんにバッタリ会う。先月二十日に家に来て偶然についての話をしたばかり。永福図書館での講演は偶然、考現学、ズレ、などについて話す。女子職員たちに花束をもらった。帰り吉祥寺で松田哲夫、雪野に会い、「いせや」で呑む。

四月四日（月）

《夢》京都かどこか地方の有名都市へ仲間と現地集合の旅行計画。東京都内で時間を甘く見ているうちにギリギリになる。ところが新しいダイヤの影響で間に合う。現地の人（なぜか文春の松村氏）が「じゃあ食事は『ならや』でいいですね」といってみんなを引率する。同行の松田哲夫が「まあこの町はどこに入ってもうまいけど『ならや』だけは、やめとけっていうね」と知ったかぶりをして一言多い。

四月十日（日）

［＊］小金井公園でお花見。花小金井から道路ぎっしり。バスをやめて歩き、渋滞のバス数台を追い抜く。生徒は長沢、井上、義江、岸、ＯＢは工藤、鶴岡、田中。終始小雨降る花見。

【偶】花小金井から歩いていくとき、午前中からヒッポの花見に行っていた帰りの桜子とバッタリ。

四月十二日（火）

《夢》真夜中。寝室のガラス戸が二面とも開け放たれて、妻が寝ている。寒くないので初夏だろう。道路の電柱にある光でやや明るい。遥か遠くに港があって燈台の光らしいものが見えている。あとで双眼鏡を持って来て確かめてみようと考えている。

【最近の偶然】この夢を記しながら、最近の夢が月、火に集中しているのを不思議に思う。

四月十六日（土）

［＊］赤塚さんと竹芝の画陶堂ギャラリー中西夏之個展へ。途中鈴木志郎康さんとも出合う。帰り新宿で飲む。

【偶】画陶堂ギャラリーの入口のところで出て来た長沢君に会う。美学校生徒。この長沢君には、以前松沢宥個展を見に行こうと原宿サプリメントギャラリーを探しているときにも同じ目的でバッタリ出合い、いっしょに行った。

四月二十二日（金）

【偶】潮出版から書籍小包が来た。開けてみると川本三郎の映画の本だった。開けているときに電話があり、電話の主は「翻訳の世界」で、映画の特集への原稿依頼だった。

四月二十三日（土）

【偶】白水社から書籍小包が来た。二日前に鶴ヶ谷さんたちと話した「日本風景論」のうちの二冊で、そのシリーズで「国境」をやろう、などと半分冗談で話していたのだ。その本を閉じてすぐあと大分県観光課の辻塚さんから電話があり、能登半島の招待旅行に応じてくれないかという。鶴さんたちとの話では日本列島の真中あたりで大陸との国境というと佐渡ヶ島だと話し合っていたのがあらためて地図を見ると、能登半島の突端の方が大陸寄りである。話に応じようかどうしようかと考えはじめる。

四月二十五日（月）

【偶】河合企画室の人に「週刊朝日」用の原稿を渡す。その人に見本として「週刊朝日」今週号を渡される。表紙は楠田枝里子で、あ、クマさんの言ってたのはこの人か、と思っていた。帰ると電話メモがあり、「ジュノン」で楠田枝里子と天文の対談をしてくれとのこと。

五月二日（月）

【偶】明日のことで兄のところに電話したら、奥さんが出て「きゃっ、聞こえちゃったのかしら」と言っている。兄が外から帰って来てドアを閉めて、「原平から電話あったか？」と奥さんに訊いていたところへこちらからの電話のベルが鳴ったらしい。

五月三日（火）

［＊］一時から後楽園球場。兄と巨人阪神戦デーゲーム。九対三巨人。帰り刀根と会う。

【偶】馬喰町の刀根の部屋でシルバーマン（現代アートコレクター・アメリカ人）への手紙を書いてもらったあと、ちょっと食事をしようと都営地下鉄で新宿に出た。京王の地下あたりの連絡道を歩いているとニヤニヤと笑顔で歩いてきた外人が刀根のニューヨークでの友人のカメラマン。互いに日本に来ていることなどまるで知らなかったという。あとで刀根に訊くと、この二週間の東京滞在で、同様のことがすでに一度あったのだという。刀根も偶然の才能があるようである。

五月八日（日）

《夢》家に帰るとキャノンオートボーイの新型が二台ある。モニターとして送られて来たのだという。レンズキャップがガラス製で、横にずらす、その機構がまだ不完全でややがっかりしている。生徒の一人がはからずも本を出したそうで、それがまたはからずも朝日新聞夕刊の土曜の手帖に載ったといって、その生徒はテレている。

五月九日（月）

【偶】「流行通信」の原稿、近未来のデパートをめぐるショートショート「デパート温度」を書き上げ、続いて「未踏」の原稿、百科事典に関するエッセイを書きながら、百科事典への憧れは百貨店への憧れと同じだという結論に至ったところでハッと気がつき、この二つの接近も偶然だと思う。

五月十二日（木）

【偶】このところ毎日新聞エッセイ（九日）「サンデー毎日」の深沢七郎書評（十二日）「カメラ毎日」のインタビュー（十一日）と毎日の仕事がつづいている。

五月十四日（土）

【偶】美学校で授業の最後「シルバーロード」の話から自殺に関することをいろいろ話し、赤塚さん経由で聞いた俳優の松なんとかの娘さんが……と言ったら、女生徒の本田さんが松村さんでしょうという。平和な家庭での無目的自殺の例なのだけど、本田さんはその同級生だったという。

五月二十六日（木）

《夢》家から二百メートルほどのところにある飛行場にスペースシャトルのような形のヘリコプターが三機、右の一機が事故で燃え出す。真中の一機が慌てたあまり燃えなくてもいいのに燃えだす。左の一機はそれを見て、着陸しかけていたのが慌ててまた飛びはじめるが内部で火災発生。ヨロヨロと低空を飛んで来てうちの庭先に墜落。本格的に燃えだしてしまった。こりゃ大変と水道へ走りながら、台所の細いホースを頼りなく思っている。
【偶】朝の新聞に厚木飛行場の墜落事故が一面に出ている。午後桜子が帰って来て「え、こんな大きいニュース知らないの？」と大声でいう。慌ててテレビをつけると、東北日本海側で地震と津波のニュース。学校のテレビで全員で見たらしい。朝日出版社への速達を切手を貼らずに出してしまった。慌てて郵便局へ問い合わせ。

五月二十七日（金）

《夢》耳の片方に猛烈な耳クソがあり、それがなおもギッシリと溜まっていく感じ。

六月六日（月）

《夢》どこかの自分の家で寝転がっていて、土間との境のところから蛇が出てくる。太くて茶色のまだらのあるようなツヤ消しの蛇で、慌てて叩こうとすると向こうに逃げ込む。近くにいる者に知らせたりしていると、隙を見てまたかかって来る。その動作が猫に似ていると思っている。
【偶】朝お茶を飲みながらボンヤリ新聞を見ていると、中国の自然保護区で全身が透明な蛇が見つかったという。心臓が動いているのまでよく見えるほどだという。

六月七日（火）

《夢》新製品のストロー式カメラが手に入る。使い古しのストローみたいなのをのぞいてねじったりしながらピントを合わせているが、うまくいかない。そのうちストローの中から古いポスターや書類（今泉さん保存のものらしい）がでてきてしまい、閉口している。

六月十三日（月）

《夢》前の夢にでてきたのと同じような蛇が、部屋の中で死んでいる。ちょっとつまんでゴミのある方へサッと投げる。毛が生えているような、細長い猫みたいな感じ、投げ棄てたままではいけないので、いらない袋の中にこわごわと詰め込もうとしている。

六月十七日（金）

《夢》トイレの窓の外にチビ黒らしき猫が見える。ちょうど排尿中の筒先をそっちへ向けて、窓の網越しにひっかける。見事に命中。猫は慌ててもがいている。よくみるとうちのクリ。わるいわるい。

六月二十三日（木）

【偶1】新宿のビルのエレベーターでピンクのパンストに覆面ハデなシャツの変な男を目撃。考えたら今日送られて来た雑誌のグラビアでその奇人のグラビアを見たばかりだった。

【偶2】帰り、夜の十二時ごろ学園西町の夜道でいっしょに歩いてた尚子のバッグを後からすーっと来た自転車の男がドシンとひったくりかける。１１０番にＴＥＬ。ちょっと大騒ぎになってしまう。

七月五日（火）

【偶】今日近所の喫茶店「クラウン」で新潮鈴木さんと会った。オレンジジュースを頼み、ストローで飲む。その後話しながら空のグラスをふと持つと、上一センチほどがグルリとヒビが入って割れていて、ポッカリと持ち上がってしまった。驚いた。

七月二十一日（木）

【偶1】新宿プチモンドで「文藝」福島、「カメラ毎日」山路陽一郎に原稿を渡す。久住昌之、森田トミオにバッタリ。しかしここは文化人喫茶なのでそれほど偶然でもない。

【偶2】千駄ヶ谷「ピーターキャット」で新潮社鈴木、「芸新」立花それに四方田犬彦と落合い超芸術の街頭探査。代々木の行ったこともないような辺ぴなガード脇で交通信号の向こう側に三浦早苗（元荻窪画廊）さん。これは相当な偶然。立ち話。

八月二十七日（土）

【偶】サプリメントギャラリーに行くので国分寺から乗った中央線にたしか笠井叡（舞踏家）が乗っていた。小金井で降りた。

八月二十九日（月）

【偶】紀伊國屋ホールで「シルバーロード」初日。ホール入口でサイン会。入口横の大ショウインドウで松沢宥さんの「Ψ《プサイ》の函」の本の展示の飾り付け。もう一つホール入口脇の紀伊國屋画廊では「シルクロードを訪ねて」という個展、画家の道家珍彦は旭丘高校の二年先輩。そのパトロンの婦人が「シルバーロード」りかあけみ役の鈴木千秋のお母さん。約四つの偶然が重なっている。もう一つ。初日観に来てくれた立花尚之介が今朝七時に赤ん坊がうまれたという。開幕前に来た尚子によると、家を出る前に電話があって沢井憲治（美学校生徒）のところで赤ん坊が生まれたという

九月八日（木）

【このところの偶然】スカイウオッチング夜八時に来訪。タカハシ6・5センチP型を車に積んで小平公園に行って撮影。おととい同じことをやったばかり。それにしても予想通り、小平霊園は街灯皆無で真っ暗。環境抜群。

九月十三日（火）

【偶】夜入浴していたら、壁に蚊がとまっている。よくあることだ。湯につかっているからそんなものをボーッと見ている。すると別の蚊が一匹飛んで来てその蚊の上にとまった。（あれま？）と思ったら、やはり交尾だった。見るとはっきりつながっている。四、五分でプイと離れて飛んでいった。

九月十四日（水）

【偶1】尚子と「サイコ2」を観に新宿ムサシノ館へ。ロビーに田中ちひろ会長がいた。きのう

久し振りに電話で話したばかり。はじめて見る同伴者の女性は永井さん。さっき池袋の喫茶店で青林堂の長井勝一さんに会っていたばかり。いっしょに「サイコ2」を観てビールを飲んだ。その前に池袋西武で杉本さんにスーツの仕立生地を送る。

【偶2】尚子と二人家を出て駅に向いながら、空中で蝶が三匹飛びながら付いたり離れたりしている。交尾だろう。きのうにつづいて（あれま?）と思った。

九月十五日（木）

《夢》たしか刀根康尚が出て来た。きのうニューヨーク宛に手紙をだしたばかりなので、タンジュン。

九月二十日（火）

【偶】杉本昌純さんから手紙あり。婚姻届用紙の返送とスーツ生地のお礼の手紙。（図7）文中に沖縄―熊本から帰ったばかり。珍しく鈴木志郎康さんからのハガキ。文中に十月に沖縄に行くとある。

九月二十八日（水）

【偶】今日の偶然といえるかどうか、二十七日朝の郵便で根津甚八から写真集が届き、内容を改めただけでまた袋に戻し、それを机の上に置いて家を出た。今日帰って母に聞いたところでは、私たちが家を出たあと、クリが机の上の袋の上で寝ていたという。根津の家にいるクリの姉猫の気配を感じたのだろうか。

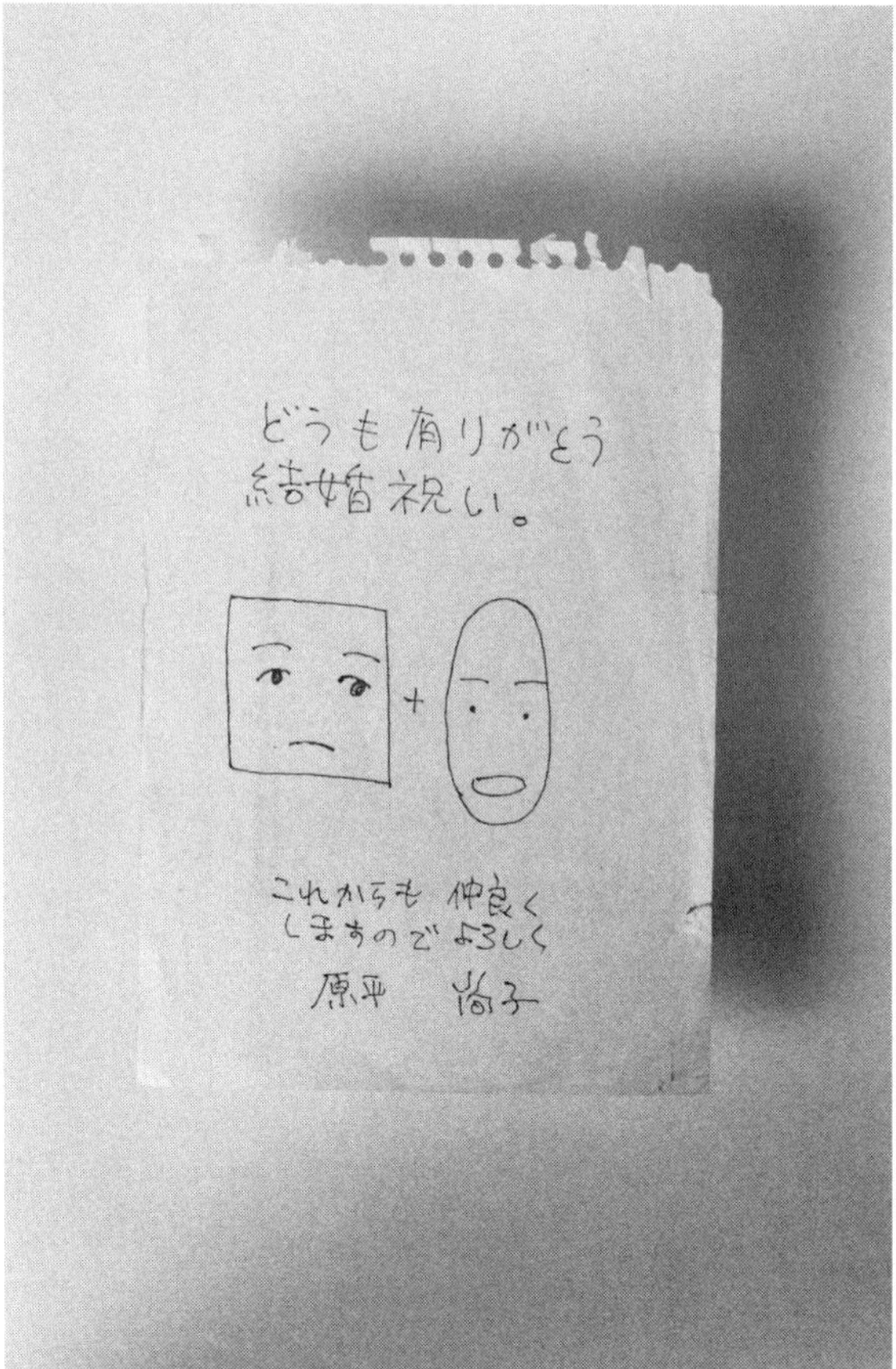

（図７）赤瀬川原平「尚子との結婚祝いへの礼状」（1983年９月）──これは杉本氏への礼状ではありません。

十一月三十日（水）

【偶】一時半、八王子からタクシーで多摩美へ。急に雨が降って上がったらしい。三十分の遅刻。東野芳明の教室。元裁判官の学長（白髪の紳士）の質問を受けながら千円札裁判のことを話す。警視庁の地下取調べ室に入って不安のどん底に立つあたりをしゃべって、ふと見ると、正面のガラス窓、学生たちの背後にキレイな虹が見える。「あ、虹だ」と言うと学生たちもいっせいに振り返り、「あ、ほんとだ」と見入っている。

十二月三十日（金）

《夢》石油ストーブのタンクの中をはじめて透視した。燈油の水面が汚れて揺れていて、ずいぶん揺れるもんだなあと思っている。

一九八四年（四十七歳）

一月二日（月）

【偶】五時半ごろ病院へ行き、六時半ごろ帰った。「明日また来るから頑張るんだよ」というと、母は目を閉じたまま（うんうん………）とうなずいていた。夜は外食することになり、尚子と桜子三人で外出するので玄関の鍵を掛けていると、鍵の指で持つところが折れてしまった。（図8）仕方なく鍵を掛けぬまま出かけて鮨屋に入った。正月に鮨屋などに入りやや後悔。夜は「芸術新潮」の油絵を描く。玄関の鍵が掛かってないのが気になり、カタと音がしてたり、何か来た気配がしたりで思わず振り返る。

ユニット式の鍵があったのを思い出し、押入れをかき回し、やっと探し出して掛ける。安心してまたキャンバスに向ったが午前三時過ぎ、もう少しで仕上がるがもう時間も遅いのでどうしようかと思っていると電話の音。病院の看護婦からで、母の状態がおかしいと言う。兄や姉へ電話するよう尚子に言って、慌ててかけつける。

母は目を閉じ、口をあけて、口の中は血で赤黒くなっていた。看護婦が目をはらして謝った。吐いた血を自分で飲んだらしく、それが最後。父と同じ、その瞬間誰もそばにいなかった。父と同じ八十歳。ベッドから運ばれる母の脚も太くむくんで蒼白く、黄色だった。思わずその肌に触れると、涙がこみ上げてきた。下に降り電話で尚子に告げると、尚子は第一番目に泣き出した。処置をする間、玄関の暗いベンチに坐っていると、ガラスドアの外を猫が横切り、じっと見て行った。

呼ばれて霊安室に行くと母は両手を胸に組んでじゅずを持たされていた。顔はきれいに清められ、口は閉じられていた。その表情が思いのほか安らかなのでほっとした。包帯で顎を支えられている。両手も包帯で縛って固定されている。「固まったら、包帯を切って取り外して下さい」と、看護婦は横たわる母の胸の上に貝印の安全剃刀を置いて行った。

霊安室で一人ぼんやりしていると尚子と桜子がやって来た。桜子は熟れた実の皮をペリッと剝いたように、二つの目を真っ赤にしている。

一月十九日（木）

《夢》長屋の二階、友人の部屋だけ建て替えでガッポリと削り取られている。水中からそれを見上げていて、水上にある机のところまで、荷物を持ったまま浮上して行く。

一月二十一日（土）

【偶】神保町の「ロータス」で原稿二つ渡し、出るときのレジで男に声をかけられた。「サルガッソーの海」に書いた三H、一ダースの贈り主、ポスターを依頼に来た元全共闘の男。面影は向こうの方がはるかに大人になっていた。今日また大雪。物件視察（家探し）を決めていたらまた中止になったところだ。

一月三十一日（火）

【偶】茅ヶ崎に物件を見に行こうという日にまた大雪になった。一月十九日に鶴ヶ島に行く日の大雪につづいて二度目。土曜日に仮決定した日の大雪も入れると三度目。遠くに物件を見に行く日に限って大雪で中止となるのは何故か。大森さんとの電話で茅ヶ崎行きは二月二日に延期。

（図８）「母の死んだ日折れた鍵」（1984年１月）

二月六日（月）

《夢》週刊誌を発行しているビル。夜が迫り、秘かに週刊誌を積んだトラックがビルを出て皇居に向う。なるほど、皇族は週刊誌など読まないことにはなっているが、やはりどうしても読みたくなるので極秘に運搬しているのだろう。トラックは半分水中に没しながらお堀を進み、私たちも何人か、胸まで水に浸かって進む。係のものが秘密の水門を開けると、皇居内の広い湖。天皇をはじめ皇后、皇太子、美智子妃その他、皇族がみんな膝下ぐらいまで水につかりながら二メートルの間隔ぐらいで横一列に立って、ゆっくりとこちらに進んで来る。週刊誌受け渡しの場面であるが、そのときすでに、これが映画のロケであることがわかっている。そう思って見ると天皇は大東亜戦争当時の、しかもじっさいよりハンサムな顔立になっており、美智子さんの顔もよく似ているなあと感心している。それから天皇は長いノボリみたいな白布を受取ってきびすを返し、全員向こう向きになって湖面を去って行く。そのあと三里塚の櫓みたいなのが建ってスローガンのパネル文字が出てくるのだけど、それはただ左翼的なだけでつまらない。

二月十八日（土）

【偶】帰りの中央線で小島信明を見た。たぶん。

二月十九日（日）

【偶】母の四十九日。尚子と桜子と三人、大和からタクシーで極楽寺で停まり、ドアが開いたとたん、ドアの先端が後ろから来た商用車のヘッドランプにぶつかり、両方が破損してしまった。

臨終の日、玄関の鍵の破損を思い出す。

二月二十三日（木）

【偶1】小金井ハウジングという不動産屋と国分寺の土地を見に行く約束で、やはり雪が降った。雪の中を行くが、線路際の未造成の地で、がっかり。

【偶2】帰り尚子と「最近クマさんから電話こなくなったね、飽きたのかな」と噂していた。夜になってクマさんから電話きた。

二月二十五日（土）

【偶1】京橋図書館で講演。終わって何人かサインを求められるが、中に一人、父が元三楽病院勤務で、あの無用門のセメント塗り込め作業をした人だという。（図9）

【偶2】聴衆の中に福住治夫（元「美術手帖」編集長）がいた。たまたま調べものにきたのだという。

二月二十六日（日）

【偶】今日東宝ハウスという不動産屋と物件を見に行く予定であったが、また雪になり中止。

三月六日（火）

［＊］東村山税務署へ確定申告。その足で池袋殖産住宅へ。途中電車の中で尚子、町田の物件に難色を示す。住み慣れた西武線領域から離れる決心がつかずに、論理が感情になっている。殖産

の応接室へ行くと、セビロの社員が五、六人も前に並び、たじたじとなる。つぎつぎに書類が出てきてとりあえずのハンコを押すことになり、これで大森さんが親戚でなかったらと思うとゾッとする。このセビロと書類とハンコのセレモニーで、尚子は渋々と決心をした様子。ほっとする。

三月八日（木）

［＊］昼、新宿で二つ原稿を渡したあと尚子と小田急町田へ。大森さんたちにもう一度物件を見せてもらう。間取りに不満はあるが環境には変えられない。帰り最寄りの駅まで歩く町並みが古くしっとりとして、町田の駅の方ががさついていたのでホッとする。駅の周りもいい。これは予想外の大収穫だった。徒歩十九分とか。尚子ともう一度家までの裏道を探索し、幼児のころに見たような古い坂の町並みに大満足。本当によかった。

三月九日（金）

【偶1】新潮のカンヅメを出て飯田橋から電車に乗ったとたん顔見知りの若者に会う。前に松沢宥教室にいてときどき絵文字に来ていたという伊丹。

【偶2】ボーッとしていて浅草橋まで乗り越し乗り換えて有楽町で降りたところで名古屋河合塾で会った中村容子（?）に声を掛けられる。

三月三十日（金）

［＊］新居へ引越。九時運送屋トラック二台来る。手伝いに森田夫妻、田中ちひろ。快晴。森田のワゴンに尚子、桜子とクリ。現地に大森さんと北村君。だいたい予定通りに終わって、暗くな

（図９）赤瀬川原平＝版画「歩行者用のダム」（「トマソン黙示録」1988年）——超芸術トマソン第３号「三楽病院の無用門」と呼ばれていた物件。

ってから町へ出て中華屋さんへ。予想ほどの店ではなかった。

四月四日（水）

【偶】小田急ハルクに金を持って支払いに行く途中、大分のカメラマン石松健男にバッタリ。彼にも写真を借りた『東京ミキサー計画』が出たばかり。そのあと「フランソワ」の待合わせでパルコ出版山村と出版契約書に押印したのだから不思議。

四月十九日（木）

【偶】「芸新」立花と西荻→善福寺公園を歩いたあとうちへ。もう夜になり小雨なので町田からタクシー、といったん決めながら、なおも最寄の駅で降りて裏道を歩いていると、夜道を迷う新潮社の水藤さんにバッタリ。夜になって鈴木も来て新居ではじめての宴会。

五月十日（木）

【偶】フジTVに行く道を聞いていたら、大分旅行で同席した「CRギャル」の女性にバッタリ。スタジオで嵐山と対談。話すのが面白くてかなりしゃべった。そのあと赤坂の磯崎新アトリエでポンピドー使節を囲む会。立石紘一（画家）に久し振りに会う。菅木志雄（現代美術家）と知り合う。横尾にも会う。

五月十一日（金）

［＊］ホテルニューオータニで長友啓典氏の受賞式（講談社出版文化賞さしえ賞）、村松、及部克人（デザイナー）、「カメラ毎日」山路などに会ったが、あまり知人もなく早目に帰る。
【今日の偶然】きのう横尾忠則に久し振りに会ったばかりなのに、このパーティで宇野亜喜良にも実に久し振りに会う。

五月十二日（土）

【偶】小田急線の新宿駅で降りて改札を出ようとしたら、唐十郎、李礼仙夫妻にバッタリ。一言二言で別れたが、考えたら今日は状況（劇場）の東京公演の初日。二日前に嵐山に久し振りに会ったばかりというのも不思議だった。

五月二十四日（木）

《夢》酒場の遠くの席に下手くそな刺客がいる。児玉誉士夫のような太目タイプ、あいつはこの間の○○の暗殺でも下手くそで失敗したんだと友達が説明している。そいつが帰り際に入口のところでちょっと私と接触。よーしこんどは……、と男は私を標的にしたいらしく、また酒場の奥に入って暗殺の練習をしている。まあ下手くそだというから大丈夫だろうと思いながらも、しかし刃物で突いてきたらどうしようかと回りを見回し、隣の座布団をさわったりしている。
やがて向こうは右側からやって来て、見ると左側から別の若い男を差し向けたりして、いちおうハサミ打ちなんて考えている。でもどうせ下手だろうからと思いながら見ると、男はノコギリを手にしている。これはヤバイと思った。男はそのノコギリをこちらに向けて二、三回振ったりして練習のようなことをしている。これはやはり下手くそだと思って安心し、ノコギリがビュッと来たところをこちらはとっさに座布団で刃のところを包むようにしてつかんでしまう。そうなるとノコギリなんて座布団ではガッチリとつかまえられる。むしろ向こうが戻しにくい。そこでグイッっと振りながら引っ張ると、簡単に取り上げられてしまった。やっぱり下手くそだ。

［＊］三時ポンピドーセンター岡部あおみ女子来る。六十年代ハイレッド・センターのことなど話す。外国に長く住んでいるだけあって、話の文体が外国語的であるのを感じる。

六月一日（金）

【偶】夕方神保町「ロータス」で「ＩＳ」の人と打ち合わせ終わって出ようとするところで、昔の全共闘の学生であった工藤氏にバッタリ。十年振り以上。いまは編集プロダクションをやっているという。

六月十六日（土）

【偶1】「広告批評」で外骨に扮して撮影のため、指定されたスタジオへ行ってみるとそれが磯崎アトリエの隣だった。（図10）撮影後そのままの姿で磯崎氏を表敬訪問。

【偶2】美学校へ行く途中の神保町の町角で、オールナイトフジに出ているサーフィン男（ヒゲ）とすれ違った。

【偶3】深夜の地下鉄神保町駅ホームで元全共闘の学生工藤氏にもう一度バッタリ。夕方その先

(図10) 本人の着物や眼鏡を身につけて宮武外骨に扮する赤瀬川原平(1984年6月・田中希美男=写真) ──並んでいるのは向かって左から「広告批評」島森路子、「同」天野祐吉、吉野孝雄、松田哲夫。

輩氏に仕事の原稿を渡したばかり。

七月二十日(金)

《夢》左手の中指か薬指辺りの爪を噛みすぎてしまい、千切るに千切れない爪が細長く残ってしまい、ムリをせずに磨耗させて切り離そうと歯でカサカサとやっているところで宅急便の声に起こされる。新潟の我田大から越乃寒梅と清泉。

八月十四日(火)

《夢》人とうまくいかなくなっている。千円札拡大図に並べて女児の和服を写真にとらなくてはいけない。下町の古道具屋に探しに行こうとすると、近所で子供たちが遊んでいて、一人七五三の衣装の女児がいる。母親もいたので撮影の許しを訊くと、表情は冷たいがいいと言われる。何か条件でも計算しているような感じ。千円札を持って来ようと戻りはじめるが、またいつものように脚が猛烈に重い。

八月十六日(木)

《夢》自分の打順が来て、きのう見た映画の中の「ワンダーボーイ」と刻印のある自分のバットで打席に立つ。素振りをしようとするが、バッターボックス(ホームプレート)がぐっとグラウンドの奥に入ってバックネット裏の記者席に入っているので、バットを振り回せない。そのバットが映画のときより、もう少し古くなって色があせている感じ。

八月十七日（金）

《夢》床屋で居眠りから覚めて気がつくと、自分の頭髪にパーマがかけられてゴルフの青木みたいな頭にされている。生臭い男の感じにゾッとして「おいおい、イヤだよ」といいながら慌てて両手で揉みほぐして直そうとする。

八月十九日（日）

《夢》仲畑貴志がなにか私と仕事をすることになる。郊外の住宅地に出来た画廊を大勢でなにか探し回っている。

九月二十二日（土）

【偶】八時半ごろ起きる。朝食後フジヤホテルまで散歩。コーヒー。旅館を出ようとして歓迎の表示板を見ると、数本ある一つに「小平第十五小学校様」（桜子が小平で通っていた小学校）とある。先生方か同窓会か。

［＊］二時新宿ヒルトンホテルで高木貞敬氏（神経生理学者）と対談。夜美学校。ＯＢ数人。

一九八五年 （四十八歳）

二月十六日（土）
【偶】「アマデウス」を見るので尚子と有楽町マリオンへ。満員なので時間をずらしてマリオンの中をぶらぶらしていたら、この間世話になったばかりのＮＨＫのディレクター深堀さん夫妻にばったり。

二月十八日（月）
【偶】「２０１０年」の試写会のため銀座へ行く途中の地下鉄の中で、東野芳明氏にばったり。しばらく話す。

三月二十一日（木）
【偶】お彼岸で横浜霊園へお墓参り。おくれたなぁと思いながら、大船駅の公衆便所で用をすませて出ようとすると、兄にばったり。この日のお墓参りは二人だけだから、じつにうまくいった。

三月三十一日（日）
【偶】ここ数年使っている古いポットがあって、近く大阪に展示する梱包作品の素材にいいなと思っていたら、夕食のとき桜子が誤って机から落とし、内部のガラスを割ってしまった。これでいよいよ梱包の素材となる。

四月十五日（月）

【偶】池袋芳林堂内喫茶「栞」で午後一時に週刊読書人、「話の特集」、「日本橋」、「てんとう虫」と順番に待合わせの予定が三十分遅れ、慌ててエレベーターに乗ろうとしたところで店内に北冬書房の高野慎三を見かける。日本読書新聞から「ガロ」編集員になった人。急いでいて声はかけられなかった。そのあと尚子と西武デパートへ買い物中に「ガロ」の長井勝一氏を見かける。これも間合い悪く声をかけられず。買物の後、所期の予定通り秋野不矩さん（図11）の個展会場に行って署名名簿を見ると、長井氏の署名あり。そうか、ここに来たのか、と思う。しかしそうすると、高野慎三を見かけた偶然が強く浮かび上がってくる。「ガロ」の糸だ。

四月二十一日（日）

【偶】久し振りに溜まった手紙の整理。引越案内が（三月十日）野中ユリ。（四月十五日）武田百合子。野中さんは母と二人、武田さんは娘と二人。しかもユリと百合。その上この二人は百合子さんのエッセイにユリさんの挿画で「草月」に連載をしていた（『ことばの食卓』ちくま文庫）。

四月二十五日（木）

【偶】毎日放送で雪野と対談、藤森照信氏と対談の後、時間がおくれたので次の待合わせ場所の「千疋屋」へ行くと、すでに「芸新」立花氏が道にでている。さてその前にもう一つ佐谷画廊へ瀧口修造さんの絵を届けなけりゃいかんがどうしようかと困ろうとしていたら、目の前を佐谷氏が通る。これ幸いと絵だけ渡す。さて最後の目的地がガスホールの一木努さんの建物のカケラ展へ行くと、林丈二氏もいて、都市観察の変質ネットワーク全員が揃う。藤森、一木、林、立花、雪野と自分とで「レンガ屋」で会食。

四月二十七日（土）

【偶】午後、「プレイガイドジャーナル」の村上知彦君から久し振りの電話。原稿依頼。その電話を切った直後に元「ＴＢＳ調査情報」の村上紀史郎君から久し振りの電話。野球の誘い。

五月十日（金）

【偶】家の前にワンボックスカーが停まり、女数人降りる。電話あり、二、三日前に新聞で知り感激したと言う女性童話作家。美学校とＬＥＸ（トランスナショナル・カレッジ・オブ・レックス）の講義を聴けぬものかとあわただしく話されるとき、家の前では車から降りた女性数人の社会党都議選演説がガンガン。数分して選挙演説が去ると電話も終わる。両耳からの女攻めにうんざり。

五月二十九日（水）

【偶】夕方新宿で雪野と会って原稿を渡して一杯。二軒目に行こうと新宿靖国通り椿画廊の前あたりを歩いていると、着流し山高帽で婦人を連れた篠原勝之にバッタリ。

（図11）赤瀬川原平＝写真「秋野不矩ポートレート」——『秋野不矩インド』（1992年・京都書院）の著者紹介用の写真。アトリエのある美山町で。近所の農家の方から貰った茄子が「まるでカメラのよう」と赤瀬川は気に入っていたが、不矩は選ばなかった。

七月八日（月）

［＊］この日から土曜日まで新潮クラブでカンヅメ。

七月十日（水）

【偶】夕食を食べるのでクラブを出て「芸新」の立花氏と神楽坂の毘沙門天の方へ。四つ辻のところで美学校（生徒）の谷口英久君の推薦するおいしいラーメン屋がある、という話題が終わって四つ辻を通り過ぎると、当の谷口君にバッタリ。友人を連れてそのラーメンを食べに行くところ。

七月十一日（木）

【偶】「新宿中村屋」での座談会に出るので高田馬場で乗換え。前日から体が冷えていたのでスーパーで腹巻を買い、ビッグボックスのトイレで体につけて出ようとすると、外から入ってきた美学校（生徒）篠田君にばったり。篠田君は馬場に住んでいて、目にゴミが入ったので洗おうとしてこのトイレに来たのだという。

七月十二日（金）

【偶】千駄ヶ谷「外苑」での座談会に出るので新潮クラブを出て飯田橋まで十五分ほど歩く。さあ道路一つ渡ると駅だというところで信号を待ちながらふと横を見ると、カンヅメの担当編集者鈴木力。向こうもびっくり。この二日間電話もなかった。近いので出会う可能性があるとはいえ、三日連続偶然が強いなあと電車に乗って感慨にふけろうとしていると、ドアが閉まって、隣に立っている女性が驚いた表情、見ると川仁俊恵。何年も会ってなかった神田在住の川仁宏夫人。お互いの子供のことなど話した。
《夢》カメラマンが仕事のあとのティータイムで、自分は本当は群像新人賞に応募したあとカメラの仕事に入った、というのをやや誇らしげに言う。で、最近カメラの仕事がいま一つうまくいかない、というようなこと。同席のM田君が「それは、はじめに群像新人賞などに応募したのがいけなかったんじゃないかな」と例によってグサリとくるようなことをいう。カメラマンは以後ちょっと元気がなくなり言葉数が少なくなる。
(その日糸井重里、南伸坊と座談会があり、ジャイアンツの江川をめぐるファン意識について糸井が「たとえば群像新人賞を取る取る、といっているいる青年にみつぎつづけているアタシ」と発言し、一同大笑いしていた。)

七月十三日(土)

【偶】カンヅメ明けで新潮クラブを出て、山路、水藤とカメラ検査協会、その後山路の車で美学校、そのあと生徒たちと「駒忠」。この日はじめて金を払おうとしたら財布がなくなっていた。

七月十四日(日)

[*]さあ今日から自宅で残務整理だと思っていたら夜突然尚子の姉が子供を連れてころがり込んできた。家庭不和。

七月十五日（月）

《夢》友人が篠塚のところへ遊びにいこうというのでついていくと、どこかのマンションの中二階に床に布団を敷いて、毛布一枚でジャイアンツの篠塚選手が寝ている。クーラーが効き涼しすぎてちょうど目がさめたところ。友人に「やあ」とか言っていると、管理人から電話がかかってきた。私はしばらく窓の外を見たりしていると、外のビルのウインドウか看板みたいなものに、日本国旗の白地のワクと日の丸のずれた（以前マッチの印刷のズレで見たことがある）のが立体で作ってある。

七月二十八日（日）

【偶】西武渋谷店の「外骨展」（図12）へ行く前に一つ原稿を渡す待ち合わせがある。その前にトイレに行こうと思い、渋谷の駅ビルの階段を降りながら、そうだ、あそこにあったと行きかけていると、五、六人先にふらふらと松田哲夫。あ、あいつもトイレに行くんじゃないかな、と思ったら案の定トイレへ。どうせあとで「外骨展」で会うのだし、と思って別のトイレを探した。

七月三十日（火）

【偶】西武池袋店の「大ハレー彗星展」へ行くために小田急線に乗り新宿で降り、さて乗換え口はどこかな、と見回したところで谷川晃一とバッタリ。たちまち近日出版の交友録の本の資料をみせられ、私の写真のことを話された。

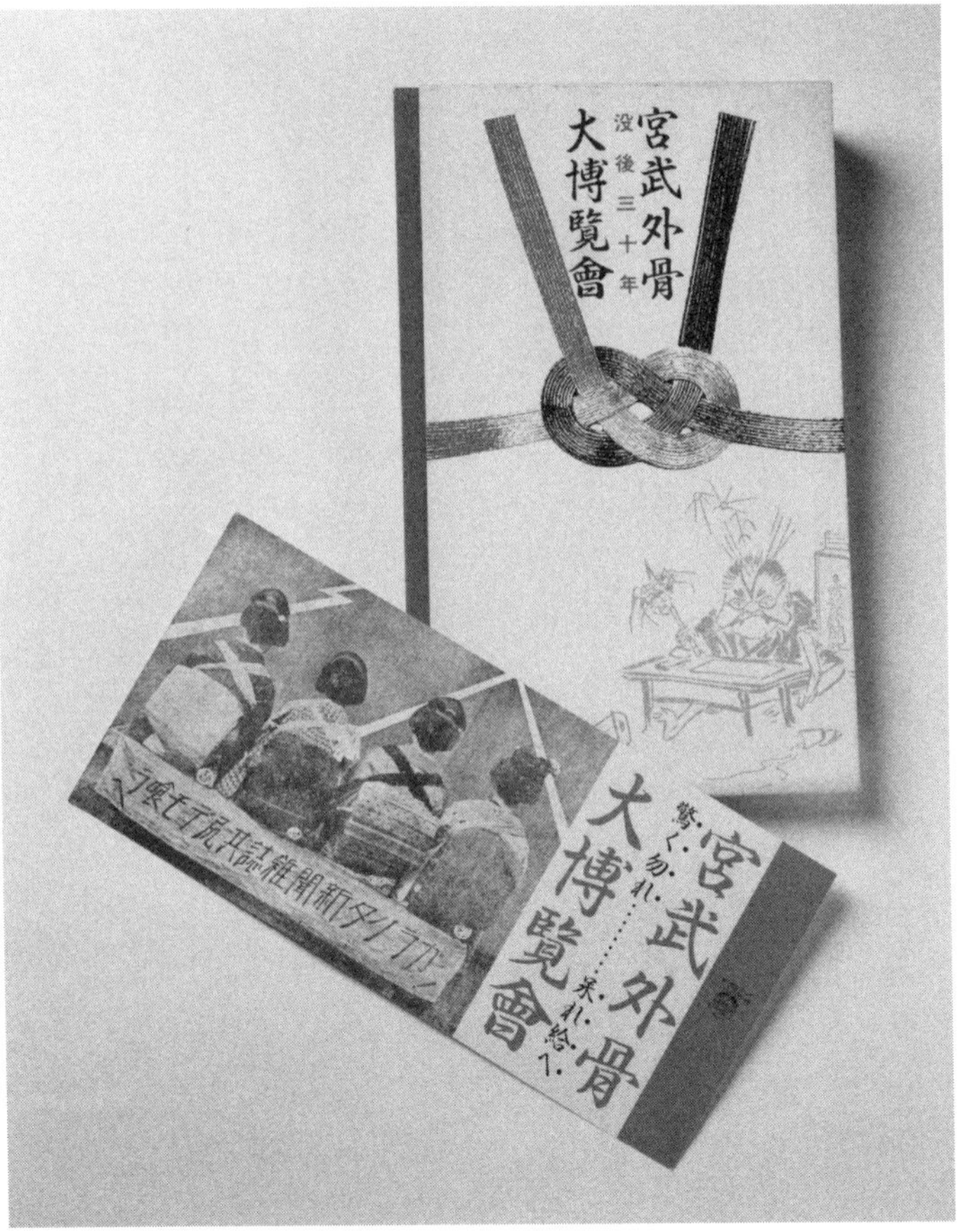

(図12)「宮武外骨大博覧會」(西武渋谷店・1985年 7月)チラシ――宮武外骨ファンくらぶ(赤瀬川原平・天野祐吉・松田哲夫・吉野孝雄)主催。

八月十日（土）

【偶1】「コム・デ・ギャルソン」の撮影のため小田急線の代々木上原で千代田線に乗り換えるとき、鈴木志郎康さんにバッタリ。そういえばこの駅に住んでいたのだ。

【偶2】十人近くの撮影隊でまず中十条の芝坂路上で準備をしていると、最初の通行人が私の顔を見て、テレビで見たといい、トマソンの話をして行った。

八月十三日（火）

【偶】西武池袋店のコミュニティーカレッジ、秋山さと子のユング心理学にゲストで出る。その前にしつこく電話のあった「ルームガイド」の三好という人のインタビューをすます。秋山さと子さんとは夢と偶然のことを話して終り、そのあと近くの芳林堂書店の喫茶室で朝日新聞出版局の川橋さんと会う。同行の若い人が朝日文庫の三好という人。新潮文庫の三好君に顔もやや似ている。しかも新潮文庫でいま進行中の『櫻画報大全』はもともと「朝日ジャーナル」で始まったもの。

八月二十一日（水）

【偶】TBSラジオで大宅映子さんと対談。テーマの星の話をするうち、話は夢のことから偶然のことへ。終わってTBSを出て近くの喫茶店で二つ用をすまし三つ目の『櫻画報大全』の打合わせのため新潮文庫三好君に電話して喫茶店を決め、そこへ向おうと歩きながらふと横を見ると、三好医院というのがあった。

八月三十日（金）

【偶】きのう朝日新聞の広告タイアップ欄に短文をという依頼があり、珍しいと思っていたら、今日大阪の読売新聞から広告タイアップ欄に短文をとの電話があった。

九月三日（火）

【偶】新宿で国際交流基金の南條史生さんに会い原稿を渡し、新潮社に行って座談会のみんなを待っていると、嵐山の出版記念会のことで話しにきた「小説新潮」の人が名刺を、見ると校條《めんじょう》とあった。

九月五日（木）

《夢》平和な町で、一方では局地戦をしているビルの中にいる。敵の砲弾はビルの前庭までしか届かない、がときどきやってくる。反撃にこちらのビルからもマクストーフ反射赤道儀みたいな物の三脚を前庭に持ち出す。本当の局地戦で、ビルの横ではゴルフの練習をしたりしている。こちらの兵士がちょっと遠慮ぎみに的を外して撃ったので、白いボールみたいな弾が手前のビルの側壁に当たってはね返り、正面のビルの敵とは無関係な3Fの部屋に飛び込み、壁とデスクの上をバウンドしながら、ちょうど外から帰ってデスクに着いたその課長みたいな人のオデコに当たってしまい、ジロリとこちらを見られ目が合う。

九月九日（月）

《夢》「芸術新潮」の立花（？）の仕事机の近くで仕事をしている。消しゴムカスを吸い取ったりする卓上クリーナーがパワーの切り替えが二段×二で四段階もあり凄いなぁと思っている。

【偶】前日奥成達（詩人）から何年ぶりかの電話があり、仕事を頼まれた。でこの日、「芸新」のゲラを見て夜遅く新潮社を出ようとすると、前にも知っていた奥成の弟にばったり。ここの「フォーカス」編集部にいるのだという。いままで新潮社に何度も来ながらまるで知らなかった。

九月十三日（金）

《夢》土を掘った丘のある地帯で、堀崩した急坂にうつ向けになるような姿勢で足先だけで滑り降りる。これはよく夢にでたもので階段をカカトだけで滑り降りるやり方に良く似ている。それを何回かして丘の地帯を行き来している。一軒仲間の合宿所があり、見知らぬ男が一人ゴロリとしている。この部屋を横切ってトイレへ。板の間和式便所の穴が紙を張って塞いである。その紙をめくって小便をするが、不安になって途中でやめる。

九月十四日（土）

【偶】坂田栄一郎の写真モデルになりスタジオＡＢＩへ。地下鉄広尾で降りて有栖川公園の方へ歩いていると、道をはさんで向こう側の歩道を歩いてくる人が丸谷才一氏。声をかけるには距離があり、また面識も薄いので遠慮して遠く横顔をみただけで通りすぎた。

九月十七日（火）

【偶】新宿中村屋で榊原陽と対談（「翻訳の世界」）のあと少し飲もう、というので車で渋谷「明」へ行きそのあと新潮クラブのカンヅメに向うため渋谷駅へ急いでいると、ニュートーキョーの前あたりで高橋悠治とすれ違う。向こうはこちらをちらと見て、また目をそらした感じなので思わず声をかけてしまい「偶然ですね」とだけ挨拶して別れた。

九月二十一日（土）

【偶】美学校の前にトラカレ（トランスナショナル・カレッジ・オブ・レックス）教授会に出るため井の頭線で、渋谷で降り改札口に向っているところで声をかけられ、見ると、改札を入ってこれから井の頭線に乗ろうとする蓮實重彦だった。（前日見た「リュミエール」。）

九月二十七日（金）

《夢》簡単な柄もない両刃安全剃刀のセット、これは海外旅行にいちばんいいと思っている。

十月六日（日）

《夢》布団の中で、男女三人でいちゃついている合宿所のようなところ。女も男も見知らぬ人。私は時々昔の体験談などをふつうの声でしゃべっている。女との関係はあと一歩のところまで盛り上がっているが自分の局部が陰茎と尿道に分離しはじめているのを認める。朝になって隣室の外人客が旅立つことになり「ゆうべのあの話はよかった」と私の体験談を聞いていたらしい。外人はイギリス人だといい、「イギリスに来たらぜひ寄ってください」という。私は「あ、私は十二月にオックスフォードに行くから、ぜひ住所を」と言ったが、結局名刺はもらえなかった。

十月十四日(月)

【偶】新潮クラブにカンヅメ。「贋金づかい」の中で書こうと思っている新潟の山奥のダム銀山平のことを新潮の鈴木さんに話していたら、鈴木さんの近くでレイアウトをしているナントカさんが最近銀山平の売店のTシャツのデザインをアルバイトでしたばかりとのこと。

十月十七日(木)

《夢》マミヤ、ブリキ製横向きカメラ、645サイズ二万円ぐらい。よそのおじさんから借りる。

十月二十二日(火)

【偶】午後小田急新百合ケ丘で急行に乗換えようとしていると、ホームを紳士が近づいてきて声をかけられ、朝日新聞社の杉田さん。初対面。先日原稿を頼まれ、住まいが近くだからというので書類を直に家のポストに入れていてくれた。この日もちょうどゲラが出ているからというので電車の中でそれに目を通すことができた。

十月三十日(水)

【偶】午後トラカレで講義。そのあといくつか用事をすませて、渋谷から井の頭線の下北沢で小田急線に乗り換えようとしているとトラカレの生徒ヒョンにばったり。同じく今年度の女生徒もいっしょなので、いっしょだね、というと兄妹だと聞いて驚く。

十一月一日（金）

《夢》島尾敏雄らしい人の出版パーティらしいもの。箱根の武蔵野観光旅館。カメラのシャッターを直す。

十一月十五日（金）

【偶】午後小田急駅下の喫茶店で「世界」の堀切さんと話していたら、すぐ横のガラスの外の通路を富岡多恵子さんが通りかかり目が合う。町田市に引越してきてはじめて。慌てて外に出てちょっと話す。

十一月十八日（月）

《夢》向かいのビルの屋上に立つ女性が服をゆっくり脱いで裸になりながら、何気なくこちらを見て倒れるようにふんわりと飛び降りていく。自殺らしい。過去は女優かホステスのようだ。

【偶】『學術小説　外骨という人がいた！』（白水社）の読者からのハガキを読み、驚く。この本の中では外骨の雑誌表現の代表作である「滑稽新聞」の論説頁をいくつか紹介しているのだが、その中の九十二号「論説」（明治三十八年三月二十日発行）は「宇宙の理法なるものは………百九十二、はじまり、アイウエオの羅列のあと一二三の数字の羅列が頁の最後まで行って「………」になどの類である」で終わっている。これは百九十二を雑誌の九十二号に引っかけた外骨独自のシャレでもあるが、読者の指摘はその論説頁を単行本の中の192頁にもってきたのは偶然か、あるいは意図したものか、ということ。（図13）このハガキが届くまで、本人も気づかなかった、嬉しい偶然。外骨表現発掘作業への霊界からのねぎらいのメッセージとして、心を満たされる想い。

十二月四日（水）

【偶1】午後銀座三笠会館ティールームで「朝日ジャーナル」の千本さんと話していたら隣のテーブルに浅田彰、相手は「中公」の早川幸彦。

【偶2】そのあと京橋ＩＮＡＸギャラリーの「一木努建物のカケラ展」オープニングに行ったら、美学校のＯＢ椎君がいる。この展覧会の設営の仕事。いっしょに来ていた同級の田中ちひろもビックリ。

【偶3】そのあと地下の中華料理「蘭亭」でパーティ。これも「美術手帖」で「資本主義リアリズム講座」連載中は編集長の福住さんとよく行っていた。

【偶4】しかもその福住さんが今回ＩＮＡＸ一木展のプロデューサー。

【偶5】もう一つ、展覧会受付に見た女性がいると思ったら、もと「芸術新潮」編集者。イナックスに転職していて同行の「芸新」立花さんもあらためてビックリ。

十二月五日（木）

［＊］午後九時半、成田発ＢＡ００６↓アンカレッジ↓ロンドンへ。

十二月六日（金）

［＊］午前五時、ロンドンヒースロー空港着（実際は一時間早く四時）デヴィッド・エリオット

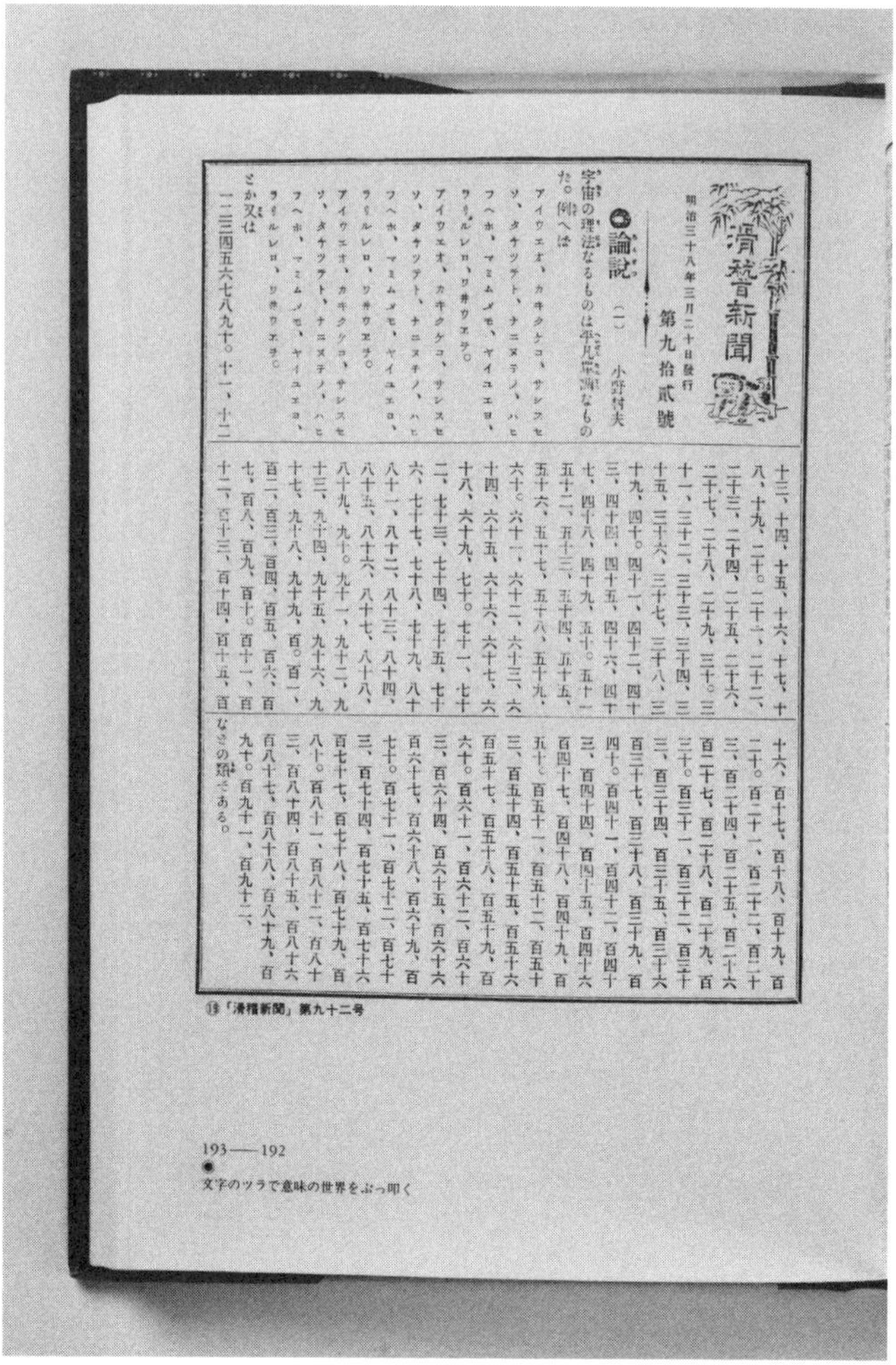

滑稽新聞

明治三十八年三月二十日發行

第九拾貳號

◎論説 (一)

小野村夫

宇宙の理法なるものは平凡常[illegible]なものた。例へば

アイウエオ、カキクケコ、サシスセソ、タチツテト、ナニヌネノ、ハヒフヘホ、マミムメモ、ヤイユエヨ、ラリルレロ、ワヰウヱヲ。アイウエオ、カキクケコ、サシスセソ、タチツテト、ナニヌネノ、ハヒフヘホ、マミムメモ、ヤイユエヨ、ラリルレロ、ワヰウヱヲ。アイウエオ、カキクケコ、サシスセソ、タチツテト、ナニヌネノ、ハヒフヘホ、マミムメモ、ヤイユエヨ、ラリルレロ、ワヰウヱヲ。

とか又は

一二三四五六七八九十。十一、十二、十三、十四、十五、十六、十七、十八、十九、二十。二十一、二十二、二十三、二十四、二十五、二十六、二十七、二十八、二十九、三十。三十一、三十二、三十三、三十四、三十五、三十六、三十七、三十八、三十九、四十。四十一、四十二、四十三、四十四、四十五、四十六、四十七、四十八、四十九、五十。五十一、五十二、五十三、五十四、五十五、五十六、五十七、五十八、五十九、六十。六十一、六十二、六十三、六十四、六十五、六十六、六十七、六十八、六十九、七十。七十一、七十二、七十三、七十四、七十五、七十六、七十七、七十八、七十九、八十、八十一、八十二、八十三、八十四、八十五、八十六、八十七、八十八、八十九、九十。九十一、九十二、九十三、九十四、九十五、九十六、九十七、九十八、九十九、百。百一、百二、百三、百四、百五、百六、百七、百八、百九、百十。百十一、百十二、百十三、百十四、百十五、百十六、百十七、百十八、百十九、百二十。百二十一、百二十二、百二十三、百二十四、百二十五、百二十六、百二十七、百二十八、百二十九、百三十。百三十一、百三十二、百三十三、百三十四、百三十五、百三十六、百三十七、百三十八、百三十九、百四十。百四十一、百四十二、百四十三、百四十四、百四十五、百四十六、百四十七、百四十八、百四十九、百五十。百五十一、百五十二、百五十三、百五十四、百五十五、百五十六、百五十七、百五十八、百五十九、百六十。百六十一、百六十二、百六十三、百六十四、百六十五、百六十六、百六十七、百六十八、百六十九、百七十。百七十一、百七十二、百七十三、百七十四、百七十五、百七十六、百七十七、百七十八、百七十九、百八十。百八十一、百八十二、百八十三、百八十四、百八十五、百八十六、百八十七、百八十八、百八十九、百九十。百九十一、百九十二、

なぞの類である。

⑲「滑稽新聞」第九十二号

193——192

●

文字のツラで意味の世界をぶっ叩く

（図13）『學術小説 外骨という人がいた！』（1985年・白水社）の192頁——本文に掲載した外骨の「滑稽新聞」第九十二号の論説の最後が「百九十二」になっていて、その下にこの本のページ数の表示として「192」という数字がある。

（OXフォード近代美術館館長）の車でOXフォード。ランドルフホテル
十二月七日（土）
［*］夕方OXフォード近代美術館でオープニング。
十二月八日（日）
【偶】針生氏が言うには、ゆうべテレビを見ていたら、カナダで飛行機が墜落して二百五十人死亡し、イギリスの解説者が、最近の飛行機事故はわからん、と言っていたという。このところの飛行機事故の偶然の重なりはもう終わったと思っていたらまだつづいているようなのでショック。
十二月十一日（水）
［*］十二時にチェックアウト。夜、下田邸で慰労パーティ。トマソンスライド上映会。
【偶1】OXフォードからロンドンに向う電車で、発車の際手動ドアを閉めるとき右手親指の先を強く挟み、爪の下に黒く内出血。
【偶2】ロンドン、フレミングスホテルにチェックイン。針生さんと尚子の三人で近くのイタリアンレストランで軽い昼食をしたら、店の奥の黒猫が膝に来て、帰り店の人にベリーラッキーだと言われた。
十二月十四日（土）
【偶】針生さんと尚子の三人で、カフェテラスでコーヒーを飲んでいたら、外の通りで東洋人が三人立止まり、私たちをガラス越しに見て何か言っている。それが四方田さんからパリに行った

ら会うようにと言われていた松浦寿夫（画家）室伏鴻さん（暗黒舞踏）とその女友だち。

一九八六年（四十九歳）

一月四日（土）
【偶】イギリストマソン報告の新年会。四方田夫妻、森田夫妻、鈴木力、法貴和子（ミュージシャン）、田中ちひろ。このうち鈴木力と田中ちひろの手土産がハーゲンダッツのアイスクリーム。いずれも母の居る実家に住む独身。夜いっしょの車で帰った。

一月九日（木）
【偶】夕方、杉本昌純氏から電話があり、イギリス旅行のお土産がきのう届いたという。いま成田空港で、これからイギリスへ行くところだという。夜京都の井上章子さん（徳正寺）からＴＥＬ。両方年に一回あるかないかの電話。いずれも尚子が受話器を取ったが、はたから見ていてすぐに電話の主がわかった。

一月二十一日（火）
《夢》廃墟と犬。前半いろいろあって、砂漠の中の廃墟のアジトに戻る。きのう一日親しくなった仲間数人と犬二、三匹がいるはずだが、仲間がいない様子。思い切って入ってみると案の定、巨大なシェパード一匹が警戒しながらも尾を振って近づき構われたがる。二匹が壁の隅に寝そべったまま目だけこちらを注目。この場合むしろ声を出して平気に振舞った方が犬も警戒をゆるめるだろうと、仲間の名前を大声で呼んで探すふり。

二月七日（金）

【偶】「宝島」のJICC出版局から新雑誌に何か、という仕事の電話。「宝石」から『カメラが欲しい』の著者インタビューを、という仕事の電話。珍しく両方「宝」なので同じ出版社かとカン違いした。

二月十六日（日）

【偶】福音館から郵便物二つ。「かがくのとも」シリーズに絵本を、というものと、「母の友」にエッセイを、というまったく別系列の依頼。

二月二十日（木）

【偶】聖路加病院に山路さんを見舞う。地下鉄日比谷駅の乗換えホームで宮迫千鶴さん（画家・エッセイスト）がすぐ目の前を通り過ぎ、当然目が合うから挨拶しようと思っていたら、そのまま通り過ぎて行ってしまった。その直後、地下連絡道で向こうから来る村上紀史郎さんにばったり。

三月十四日（金）

【偶】新宿へ向う時、駅で、電車の時間があるのでそばでも、と思って階段を降りると、子供連れの婦人に声をかけられ、松沢宥さんの娘さんだった。もう一人おんぶしていた。

三月十六日（日）

【偶】玄関に突然人があり、大分の宮本雅之（中学の同級生）君夫妻。ぶらぶら散歩していて偶然表札を見つけたという。その前に町の画廊で友人の個展を見て、私の名前がちょっと口端にのぼったばかりなのだという。

四月九日（水）

【偶】この数日ハレー彗星最後の接近。四日からバリ島へ観測にいっているロイヤル天文同好会の仲間はいまごろ見ているだろうな、と書斎で仕事をしながらふと上を見ると、本棚の上に置いた地球儀の近くの天井にハレー彗星そっくりの光の斑点。（図14）南側窓際にいつも使用しないで置いてある天体望遠鏡三脚金具にちょうど午後の太陽が反射したらしい。

四月十三日（日）

【偶】町内会出席の後、自転車で町田のバッティングセンターへ。隣のケージの奴が終わったあと溜まったボールを投げ戻していたその一球が、こちらのマシンからの投球にぶつかる。一球損した。

四月二十日（日）

《夢》昔の古い家（小平市西町かも）に何人か休んでいて外に猛獣の気配。何か小さいのが捕らえられて地面でもがく音。縁側から見ると案の定、一休み中のライオンにうちのクリが捕まっている。屋根裏を開ける長い棒でつつくとやっと離れた。誰もまだ気がつかない。窓をそーっと閉めて回る。

四月二十二日（火）

【偶】夕方、新潮社の水藤さんから電話。『カメラが欲しい』が五刷目にはいる。今回は二千部。計一万八千となる。目出度い。そのすぐ後、「カメラ毎日」の山路さん（『カメラが欲しい』の企画者）から電話。三月十五日退院し、今週から出社してるとのこと。めでたい。

五月十四日（水）

【偶1】何か月ぶりかで待ち合わせの「プチモンド」。藤森さんにばったり。

【偶2】そのあと「群像」藤岡氏と連載の打合せが、内容を路上観察学会（**図15**）のエピソードを短篇連載でということ。

【偶3】つぎに会った「中公」河野氏との話は、柏木博との交替連載で、内容は路上観察の報告。三つが見事に連鎖した。

(図14) 赤瀬川原平＝版画「同じ日のハレー彗星」（「トマソン黙示録」1988年）——本棚の上に置いた地球儀の近くの天井にハレー彗星そっくりの光の斑点(1986年4月)。

五月二十八日（水）

《夢》何かのパーティで安部公房と握手する。

五月二十九日（木）

【偶】上野の科学博物館で「日本のカメラ発達展」を見たあと、仕事（「婦人生活」）のゲラを見るので、上野精養軒へ。コーヒーを飲んでいたら鈴木志郎康さんにばったり。美術館の「ヘンリー・ムーア展」を見てきたという。

六月二十九日（日）

《夢》家の中の隅っこにいつの間にか浮浪者がはいり込んで寝ている。強引に追い出すわけにもいかずに、とりあえずそのままにしている。

七月十日（木）

【偶】大阪チサンホテルでトーヨーサッシの講演会（大卒の就職志望者対象）を終えた後、イナックスギャラリーの一木さんの展覧会へ行くと林丈二さんがいる。朝の関西のテレビに出たので来たとのこと。つまりこの偶然は路上観察学会「大阪11ＰＭ」出演の七月十日に自分の大阪トーヨーサッシ出演日が重なり、さらに林さんの関西テレビ出演日が重なったこと。

(図15)「路上観察学会発会式」(1986年 6 月) ――撮影者の飯村昭彦が煙突撮影に使用したのと同じ一脚・魚眼レンズを使用して控え室のメンバーを撮った写真。

七月十一日（金）

【偶】午前十一時四十五分、京阪線で大阪から京都へ向うとき、京都から来た折り返しの電車から降りる一木さんにバッタリ。前夜「11PM」出演のため夕食後別れ、一木さんの方は京都へ約束の建物のカケラの瓦を受取りに行き、帰ってきたところだという。

七月二十三日（水）

【偶】神楽坂で『東京路上探険記』（新潮社）の出版祝いの会を終えて夜遅く小田急線で帰り、最寄り駅で席を立って降りようとしたら、いつの間にか隣に読売新聞文化部の芥川善好氏が坐って新聞を読んでいた。

八月十四日（木）

【偶】この日後楽園球場で草野球チームのAが三試合をおこなう。その対戦ームにいずれも友人がいて、それぞれから知らせを受ける。第一試合の「トップス」に仁上幸治、第二試合の「岩波書店」に川上隆志、第三試合の「ホラーズ」に村上紀史郎。三人とも名字に上の字がつく。

八月二十二日（金）

【偶】夕方尚子も桜子もいないことになり、自分一人で犬の散歩。やや緊張してニナの紐を引いて家をでると、近所の奥さんに会い「あら珍しい、大丈夫ですか」と声をかけられる。

私が犬を怖がっているのを尚子から聞いて知っているのだ。こんなことをして雨が降るわ、なんて思われているのではないかと思いながら南大谷中学の裏道を通って三徳ストアの方に向っていると、ほとんど雨の気配がなかった空が急に暗く、ポツポツと雨が落ちはじめ、途中で散歩を中止して引き返すがどんどん大降りとなり、最後犬ともども全速力で走るが結局ズブ濡れとなる。

九月二十二日（月）

【偶】西春彦の通夜のため夕方五時ごろ小田急線の新宿で降りてホームを歩いていると、二週間ほど前（九月六日）に「週刊住宅情報」の仕事でカメラマンの高梨豊さんと近辺の街歩きをしたときの同行編集者大竹誠（遺留品研究所）にバッタリ。

九月二十四日（水）

【偶】前に高梨豊さんたちと歩いたとき発見した植物ワイパーの美品「モネ睡蓮通り」（図16）を再撮影に自転車で現場に行くと、物件手前で自転車を停めたすぐ脇に十円玉を発見、拾う。かなり長い間そこにあったらしく、地面に跡がついている。撮影のあと、町田のバッティングセンターへ行き右打席で何度か打ったあと、最近試して快調の左打席へ行くと、バッターボックスにくしゃと踏んづけられた五千円札が落ちている。拾う。

十月七日（火）

【偶】二十日のＴＶ撮影のことで雪野恭弘に電話すると、ちょうど大分から風倉匠が来ていた。

着いたばかりで、いずれこちらに電話しようと思っていたのだという。

十月十日（金）

【偶】ふだんあまり降りたことのない小田急線の成城学園前で、文春「諸君！」の庄野音比古と打ち合わせ。終わって世田谷美術館の路上観察セミナー講演のためバス乗り場へ行こうとすると、駅前のスーパーの前で海藤和さんとバッタリ。イギリスから一時帰国していることは四方田犬彦から聞いて知っていたが、数日前に帰ったはずだと思って問うと、都合で伸ばし、明日帰るのだという。

十月二十日（月）

【偶】「ＴＶ録画チャンネル」の撮影で銀座で雪野恭弘、ＴＶスタッフと落合い、築地、新橋、千駄木と各地の路上物件を撮影しながら最終地点の渋谷に到着。むかし雪野とサンドイッチマンで立っていた通りを懐かしみながらＴＶカメラを向けられていると、当時のもう一つのアルバイトの丹青社（装飾業）で仲のよかった友人広川晴史にバッタリ。（図17）もうずいぶん長いこと会っていなかった人。

十月二十九日（水）

【偶】新潮クラブのカンヅメを抜けて飯田橋駅まで新幹線の切符を買いに行く途中、葬式に三つ出合う。そのあと駅の近くでＵＰＵの編集者にバッタリ。七月にトーヨーサッシの連続セミナーで京都へ同行した人。ちなみにこの日買ったキップは立命館の学園祭講演のための京都行き。

(図16) 赤瀬川原平＝写真「植物ワイパー・モネ睡蓮通り」(1986年9月) ——家の近所で発見したもの、連続写真のうちの一枚。

十一月二十八日（金）

【偶】映画「利休」のため勅使河原宏らスタッフと京都二泊三日の滞在。京都グランドホテル。夕食に出かけるのでロビーで待ち合わせしていると、野生生物研究センターの茨城康弘にバッタリ。六月に緑のトマソン探しで品川目黒の街歩きをいっしょにした人。

十二月十日（水）

【偶】新宿マイシティの「松澄」で「翻訳の世界」の座談会「見ることについて」を終え、相手の四方田犬彦、西井一夫（写真評論家）の三人でビールでも飲もうと改札前の雑踏を外に出ようとしていると、ジャンパーの男がこちらに笑いかけながら通り過ぎるのをためらっている。声をかけると「西荻窪の『鳥源』ですよ」。近くにすんでいるころ松田君とよく寄っていたが、この主人とはそう話しをしたことはなかったのに、覚えていてくれた。

この日の夜、城之内元春が交通事故で死亡の報せを受ける。彼も西荻窪に住んでいた。「鳥源」とは関係ないが、何か感じる。

十二月二十三日（火）

【他人の偶然を見る】草月会館での映画の打合わせのため小田急線に乗り、下北沢に停車中、窓のすぐ外に反対側の下りホームが見える。こちら側を向いてボンヤリしていた女性が、何とはな

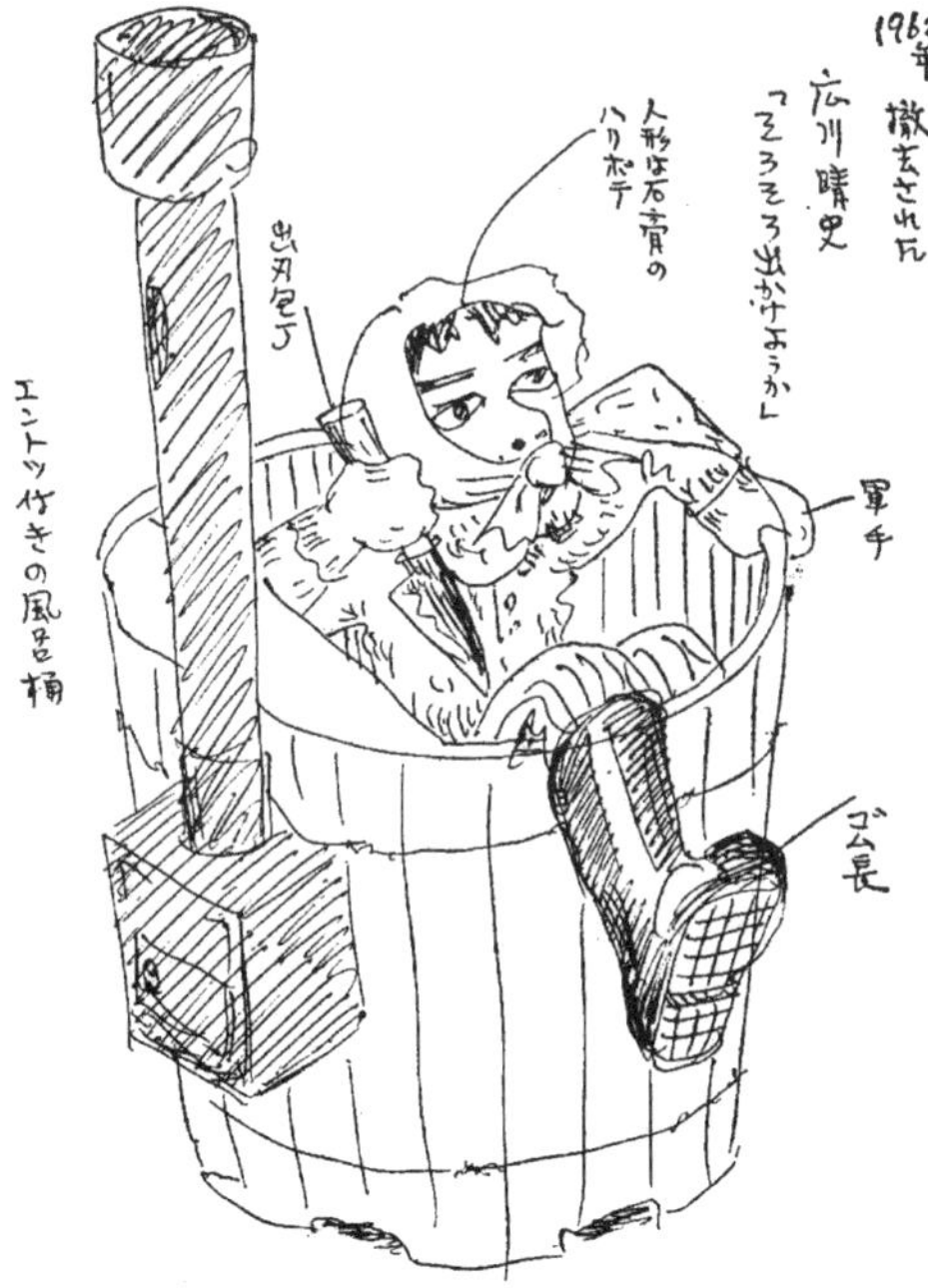

（図17） 赤瀬川原平＝イラスト「第14回読売アンデパンダンで撤去された広川晴史の作品」──『いまやアクションあるのみ！』（1985年・文庫化に際して『反芸術アンパン』と改題）の挿絵として描く。

しにこちらの車中を見るうち、私の左五人目ぐらいに立っている人に目が行き、それが知人らしく、キャッという顔に変り、何か有頂天に合図して話し合っている。

一九八七年 （五十歳）

一月一日（木）

《夢》裏山のような所の広場を、現場を見にいった感じのヒトラーが走って帰ってきている。「大丈夫、大丈夫、オッケイ」とかいって働き者の感じが意外。地方都市らしい。

　レストランで食事を頼もうとしていると、田中ちひろが、自分はすましたからいいという。このところなじみになった「ニューヨーク」、というちいさなコーヒーとビフテキの店があるらしく、行ってみると、本当にカウンターだけ。出てきたビフテキを持って裏庭のテーブルに出てもいい。裏庭は裏山につながりじつにいい環境、ビフテキもおいしいし、こんど尚子を連れてこようと思っている。

一月二十六日（月）

　大勢で広い工場を見学している。工場は昔の花柳界の中にある。夜の暗闇の中で弾圧があり、外に脱出しようとしている。

【偶】目黒雅叙園に合宿して路上観察。新宿踏査のうち、物件ナンバーと地図の番地数が一致するもの二十四件中四件（五、六、四、二十四）。

二月三日（火）

《夢》作業所の階段の広い汲取式トイレ。落とし穴の下をのぞくと一階の地面に溝が掘られ、そのまま部屋につながり何人かの男が寝ている。とても便を落せない雰囲気。外に出ると、日本の広い軍事施設。格納庫の脇に休む二、三の整備士、帰り道を訊くと女整備士の方がいろいろ道を教えてくれる。もう一度最初の道順を訊き返しながら、自分は飲み込みが悪いと思っていやになる。女もうんざりした様子でそっぽを向いてしまう。それらしき道を行くと坂道の先に禿山があり、白いお城のような別荘が中腹にぽつりぽつり。前にも見た感じ。その坂をいざ行こうとすると猛烈な急坂で、怖くなってあきらめる。その左の脇道を見つけ、見覚えがあり、ああこれこれと思って進んで行くがこれは細くて塀の上を歩くよう。どうしようかと迷ううちバランスを失い、その塀が反るようにしなって下の地面にそっと落ちる。

あきらめて地面の倉庫みたいな待合室にしゃがんでいると、同じ道を行こうとしている種村季弘氏に会う。担当している朝日新聞の文芸時評を一回分開けて待っているが、と言われ、いまのやや苦しい進展状況を説明。いまが正念場だな、と言われる。待合室にクツシタを忘れたのを思い出し、一人戻る。

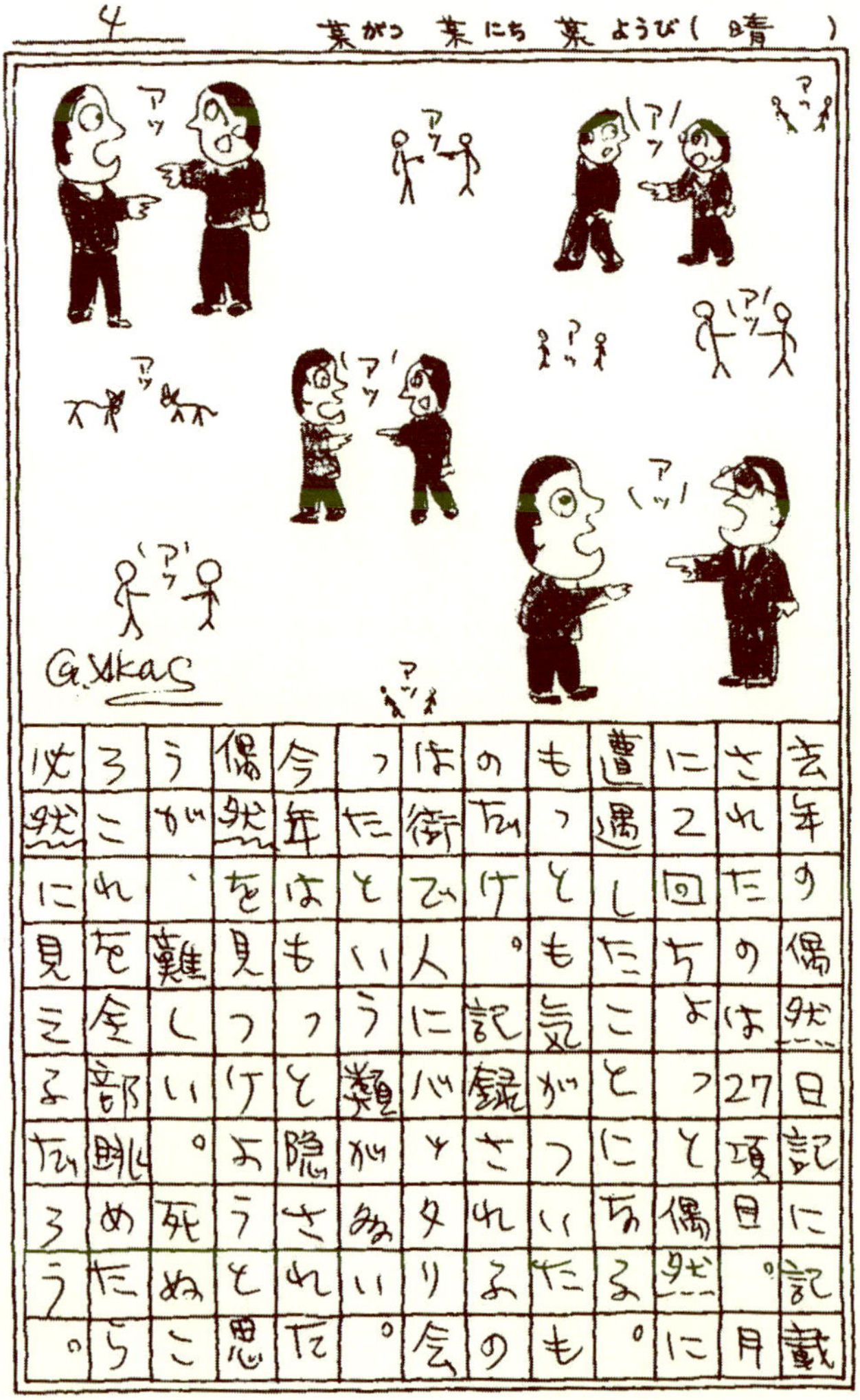

（図18）赤瀬川原平＝絵日記「いまは冬」より――「ユリイカ」連載「科学と抒情」の1987年２月号の一部。（『科学と抒情』青土社）

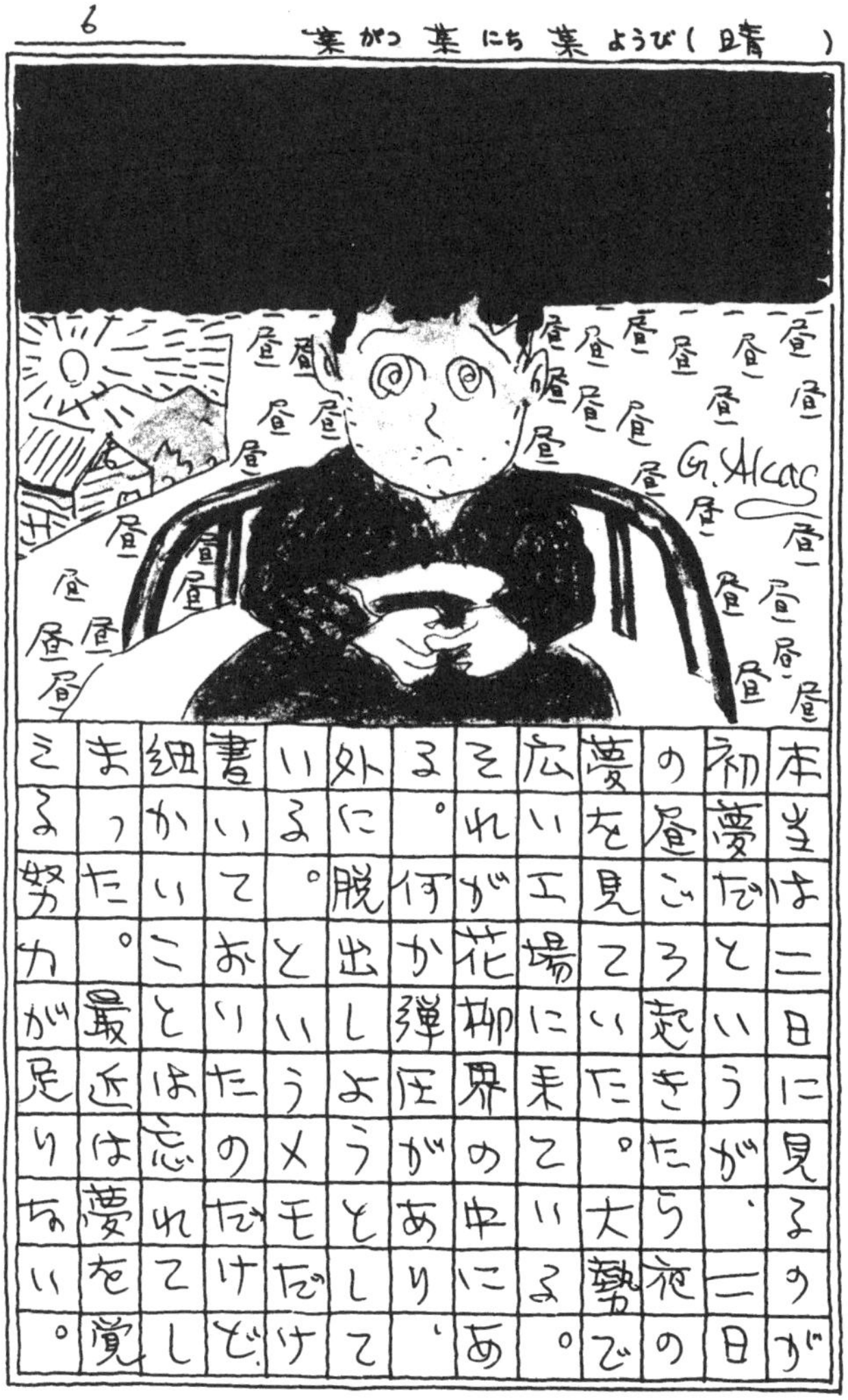
6
がつ にち ようび（晴 ）
G.Alcas
本当は二日に見るのず初夢だというが、一日の昼ごろ起きたら夜の夢を見ていた。大勢で広い工場に来ている。それが花柳界の中にある。何か弾圧があり、外に脱出しようとしている。というメモだけ書いておりたのだけど細かいことは忘れてしまった。最近は夢を覚ミる努力が足りない。

（図19）同右。

二月六日（金）

【偶】草月会議で家元（勅使河原宏）に「シルバーロード」を読んで面白かったと言われる。夜、女子高校生から電話があり、高校で「シルバーロード」を上演したいが、とのこと。もう四年前の作品で人の話にものぼっていなかった。

二月二十四日（火）

【偶】池袋東部の路上観察東部セミナー入口で「群像」藤岡氏にエッセイの原稿を渡す。セミナーの後の打上げで池袋西口の店で飲んでいると、「群像」編集長の天野敬子女史に声をかけられる。自分もはじめての店だが天野さんもはじめて人に連れられて来たのだという。

三月二日（月）

【偶】朝日新聞夕刊の広告ページのインタビューのことで佐山氏より電話あり。場所設定をやりとりするが、四日からカンヅメのためスケジュール難しく、カンヅメ先の東京駅ステーションホテルのティールームにする。聞けばこの佐山さんはもと「スタジオボイス」の編集者で、坂田栄一郎に写真を撮られたときのスタッフでスタジオで会った人。その後自分がステーションホテルの窓から駅の見える憧れのビアホールではじめてジョッキを傾けているとき偶然にも横を通って挨拶した人。もう二年前のことか。

三月十日（火）

【偶】路上観察合宿第一日。終わりごろ自分の担当の北品川を歩いて品川駅の方へ歩いて向っていると、広い国道に入り込み、仕方なくそのまま駅へ歩いていると、三叉路の中州のようなところの植え込みの門角に花が供えられコップや人形らしきものが置かれているのに出合い、交通事故死の現場だと直感。

物件ではないがいちおう写真を撮って立ち去りながら、そういえば城之内元晴の事故死の現場が、たしか品川辺りの広い国道だとか言っていたのを思い出してハッとする。後で中村義則（VANメンバー）にその場所であったことを確認。

三月十一日（水）

【偶】路上観察合宿二日目。雨。午後の一、二時間だけ観察。夜地下鉄で北千住に行き、銭湯の最大建築といわれる大黒湯に行くが休みなので近くの子宝湯に行く。服を脱いでいると番台の男が母親と交代して降りてきて、林さんのそばに近寄り「林丈二じゃないか」といわれて林さん驚く。高校の同級生。

三月十八日（水）

《夢》新しい美学校が郊外の高いビル、外階段に手すりがなく怖くて降りられない。風呂場を通って降りる階段は囲いがあるがあまり人が使ってない感じ。踏み入れると蛇がいそうな、あるいはそれ自体がエイリアンのような。いちおう鉄の木戸があって外にでる。

三月十九日（木）
【偶】新潮クラブカンヅメ四日目。鈴木力さんとはじめての寿司屋に行くと、座敷の向こうの一団に「アベニュー」の倉持氏
三月二十三日（月）
【偶】新潮クラブのカンヅメ、行く途中新宿タカノ５Ｆで創元社の津田氏に会う。と、久住昌之にバッタリ。何年か前ここに来たときは久住との待合わせだったので、彼の使っている待合わせ場所なのだろう。
三月二十七日（金）
【偶】新潮クラブのカンヅメ明けのバッグを提げたまま銀座のデパートへ寄って帰る。地下鉄銀座駅のホームで「原平さん！」と声をかけられ、見ると荒木経惟。荒木の事務所はクラブの近く。
三月二十八日（土）
【偶】木馬館での城之内元晴追悼上映会のあと、ボーヤと「暮六つ」で飲む。「きのう誕生日でオレもとうとう五十」と言うと、ボーヤは「きのういっしょに酒飲んでたやつが、きのうが誕生日で五十だと言っていた」と。
四月一日（水）
《夢》家の前で悪い大人の集団に子供がつかまって、大人たちが街燈や電柱をビュンビュン揺す

っているらしい。二階の窓から電線の揺れてるのが見える。

四月二日（木）

《夢》我が家の前の空中で見慣れぬ飛行機が宙返りしている。それがどの飛行機もブリキのような薄い羽で黄土色、宙返りするのも息も絶えだえの感じで、入れ代り立ち代わりくり返している。案の定その一機が失速し、向かいの三軒隣の家にゆっくりと墜落し、屋根からめり込み、二階の床も破って一階に達する。住人の男が一人、廃墟から驚いてはい出す。飛行機は粗悪だけど三角翼に近いジェット機のスタイルだった。

九月十三日（日）

【偶】新幹線で行きと同じく帰りも唖の若者集団の近くの席。

九月二十五日（金）

【偶】電通の人から電話があり、この間撮影し原稿を書いたセイコー・クレドールのＣＭページの仕事がキャンセルになった。金は払うという。内容のためではなく会社の事情とのこと。このクレドールでは前にもトマソンがらみで同様の仕事をして、これもまったく同様にキャンセルされている。

九月二十六日（土）

【偶】路上観察学会の新潟講演会出席のため上野駅東北新幹線の改札口へ行くと中学時代の同級

生宮本雅之にバッタリ。やはり東北へ行くところだという。三週間前に久し振りにひょっこり家に梨を持って来て会っていた。

九月二十八日（月）

【偶】新潟から帰り、路上観察学会の仲間でそのまま「帝都物語」撮影中の砧東宝撮影所へ行く途中、地下鉄半蔵門線の中でふと林さんに言われて気がつくと、向かいの席の乗客が全部女性で私たちの席は全部男性だった。次の駅でそのバランスは崩れ、一区間走行中のみ。

十月一日（木）

【遇1】の前にもう一つ。「草月」野村さんから渡されたサンケイ昭和六十二年二月二十八日「利休忌」の記事に、利休の命日は天正十九年二月二十八日で、裏千家の利休忌は厳寒の二月を避けて陽春の三月二十七日京都、四月二十一日東京でおこなわれている。しかるに現在の太陽暦に直すと命日は四月二十一日で、これは偶然なのかと論じている。ちなみにもう一つの三月二十七日は、私の誕生日。

【偶2】夜八時すぎ、草月からの帰り、地下鉄表参道のホームで乗換えの電車を待っていると、目の前を東タイ→「広告批評」の木村修二が通ったので呼び止めいっしょに電車に乗った。

【偶3】駅前のレストラン「富士」に一人で夕食にはいる。注文した後、入って来た青年に「赤瀬川さんですか」と声をかけられ、同席していいかといわれ、青年はオムライスを注文。私の読者だそうで、駅を出るとき見かけてついてきたという。建築家だという。トマソンやカメラのことなど話が合った。名前はネギシ。

十月五日（月）

《夢》ビルの中の他人のアトリエ。無人。尿意を催しイーゼルの小皿に小便をしている。途中で悪いと思い、空中に放出すると、噴霧されてデッサン途中キャンバス右上部分を湿らせてしまう。隣室に二、三の婦人らしきものがいる。

十月十七日（土）

【偶】路上観察学会のみんなで上海に行き（図20）、帰国の日、上海空港で小野耕世（映画評論家）氏にバッタリ。南伸坊の方がよく知っていて何か話していた。

十一月十七日（火）

【偶】横浜の光洋台の子供科学館で「オムニマックス」というスペースパノラマ映画を見に行った帰り、町田で降りて歩いていたらもと美学校生徒の人妻こと高桐康江さんにバッタリ。お姉さんといっしょ。

十一月二十日（金）

【偶】「利休」のシナリオのラストスパート。家康を招いての茶会の場面。利休の茶会記によるとこれが百会記ということになっているのだが、ちょうどこのシナリオの百シーン目なので驚き、力を得る。

十二月七日（月）

【偶】とにかくこのところ世界のあちこちで飛行機がばちばちと落ちている。

十二月八日（火）

【偶】岐阜加納高校講演会からの帰り、渋谷でトラカレ講義のため東京駅から千代田線に乗って表参道で乗り換えるとき、遅刻の電話をしようとしている時に黒皮ジャケットを着た杉浦康平氏とニアミス。乗換えの短時間での電話を優先したため声をかけられず。

十二月二十日（日）

《夢》高い天井にあるものを指差して伸び上がっていると、そのうち体が浮いていって天井そのものに触れてしまう、という超能力を体得する。しかし何度も繰返すうち、体が浮き上がるのではなく、体が伸びて天井に届くらしいことを知ってやや落胆。その建物の中では何か暴力的な出入りがあるらしく、ものかげで武器らしきものをあれこれしている。その一つをもらい受けることになり、見るとＮｉｋｏｎの黒いピストル。Ｆ３フォトミックのイメージ。新しいデザインだなと思う。

(図20) 上海路上観察旅行で写真を撮る赤瀬川原平——1987年10月、路上観察学会の中心メンバー（赤瀬川、藤森、南、松田、林）に荒俣宏、杉浦日向子、森伸之なども加わり大人数の海外遠征となった。赤瀬川の後ろに荒俣、谷口がいる。

一九八八年（五十一歳）

一月五日（火）

《夢》自分が今持っている大型トランクに札がいっぱい詰まっている。今書いている小説「贋金づかい」のことをちらと思う。小説ではジュラルミンのトランクだが、これは革の古いトランク。小説では全部揃った千円札だが、このトランクの中は雑多な紙幣がぎっしり。どこか旅館の従業員室のような、合宿所のような。

ジャイアンツの原選手が江川のあとを追ってやめると言い出しているらしい。江川を軸にして新チームを結成するらしい。

一月九日（土）

【偶】「贋金づかい」と「利休」（図21）がほぼ同時に完成に近づいている。シナリオの最終会議をアークヒルズの全日空ホテルで。その前にロビーで鈴木力に「贋金づかい」の最終稿を渡す。ここは奇しくも小説の舞台となった麻布谷町天徳湯のエントツのあったところ。しかも赤坂の駅からここへ来る途中、小説にも出てくる丸重酒店の新店の前を歩いてきている。

一月二十一日（木）

【偶】「ペンタックスファミリー」の田中さんと打合わせ。デザイナーが白岩さんといって、大分の新世紀群にいた人だという。そういえばきのう雪野から電話があって、大分の印刷屋からカ

（図21）勅使河原宏・赤瀬川原平＝脚本、映画「利休」（1989年）脚本——12稿まである脚本の一部。

レンダーの依頼があったとのことで、その印刷屋というのがやはり新世紀群にいた人だという。

一月二十五日（月）

【偶】ネオ・ダダのころ仲間の展覧会が画廊春秋であった。雪野と風倉と連れだって銀座を歩いていると、武満徹にバッタリ。川喜多和子その他いっしょ。武満は「利休」のシナリオを読んだといい、激賞される。嬉しい。この映画の音楽は武満の予定。

一月二十九日（金）

【偶】二、三日前、何かわけのよくわからぬ電話のあった依頼者から手紙が届く。愛知県の足助町という僻地の廃校でやるシンポジウムに路上観察のことで講演をしてほしいとのこと。いままさに校了にならんとしている「贋金づかい」の中の馬村キウイ会館での講演に酷似しており、驚く。深夜、新潮社の鈴木力より校了の最後の電話があり、そのことを話す。こういうことはよくあることだが、というと、いや、そうはないことだという。

二月二十二日（月）

【偶】三泊四日の修善寺路上観察旅行から帰り、夕方やれやれというのでラジオをつけて雑用をしていると、ＴＢＳラジオで西伊豆観光協会の関係する放送で修善寺のことを話している。

二月二十五日（木）

《夢》鈴木剛君たちの手によってトマソン第２集が出ている。パラパラとめくるといい物件がつづき製版もじつにいい。とはいえ自分とはまったく関係ないところで出版されていることにどことなく浮かぬ顔でページをめくりつづけている。鈴木君たちもその事情の説明をいつ切りだそうかともじもじしているようだ。
この前日深夜10チャンネルで荒俣宏による「路上博物学」のテレビ放映があった。いい番組だけど何も知らず突然見たのでその影響だろう。

三月三日（木）

【偶】乃木坂の藤森研究室のある東大生産技術研究所に行く電車だったか帰りだったか（たぶんそのあと新宿に寄ったので帰りだと思うが）前の座席の右端に相当な肥満体の大男が坐っている。本を読みながらふと見ると、やはり肥満体だが別の男に変っている。また本を読みながらふと見ると、また別の肥満体に変っている。三人連続肥満体。肥満度は順次下がる。

三月七日（月）

《夢》朝起きて最初に出る自分の尿をコップ一杯飲むのは健康に良いという説はたしかにあるらしい。これが尿だけでなく糞もそうだという。そのために白い壺型の便器に溜めた糞を手に取って、ヤカンの中に溶かし込んでいる。健康にいいからというのでガマンしているが、やはり心の奥に抵抗がある。しかし多少ガマンして、それを飲む。
現在北里研究所の漢方薬を煎じて飲んでおり、それがどろどろの焦茶色をしていて飲みにくい。

それと合田士郎『そして、死刑は執行された』に書かれた獄中の部屋の中にある便器というのが重なったのだろう。

三月八日（火）

【偶】「ロッコール」に書く原稿。修善寺路上観察のスライドの中から四点選び文章をつけていると、ちょうどラジオで伊豆の温泉のこと、「伊豆の踊り子」のことなどPR的に話している。

四月二十六日（火）

《夢》広い庭のような空き地を挟んで何軒か家がある、その一つが自分の家。帰ってみると晴子姉が映画のスタッフを連れてきて何か撮影中でタンスや家具類が全部勝手に配置換えし、自分の家に持っていったりしている。文句を言うと「すんだら直すから」というがいっこうにその気配がなく、撮影が一区切りついたのかみんなそのまま出ていこうとしている。

七月二十日（水）

【偶】京都駅乗換えホームで坂田明にバッタリ。

七月二十八日（木）

【偶】小松空港、杉浦康平にバッタリ。

十月三十一日（月）

【偶】上り電車で芥川記者、銀座でかわなかのぶひろ（映像作家）、それぞれバッタリ。

十一月二十日（日）

【偶】横浜線鴨居駅のホームから見える看板「鳥みき」。

一九八九年（五十二歳）

二月十八日（土）

【偶1】映画「利休」の端役で出るためカツラと衣装合わせで築地の松竹に行き、帰り松竹を出て角を曲がったところで宮里氏にバッタリ。西町にいたときの筋向いの人で、南伸坊らの友人。軽井沢の別荘に遊びに行ったこともある。昨日西町から引っ越してきて五年振りに電話があり、友人のアニメ映画の会の公開座談会に出てくれと電話をもらったばかり。

【偶2】そのあと銀座「清水珈琲店」で「オール讀物」和賀、「諸君！」細井と打合わせのあと、一人駅まで歩いていると、草月展の審査をいっしょにした藤森武（写真家）氏にバッタリ。

二月二十五日（土）
［＊］午前中、三越のシンポジュウムに藤森照信と出席。終わってから二人でぶらぶらＩＮＡＸギャラリーまで。
【偶】午後、谷口君と銀座並木座で小津安二郎の映画を観たあと、「山形酒蔵」というはじめての店に入る。向こうの席に秋山祐徳太子。彼もはじめてという。これはいいと、風景画展のことを話し合う。

三月六日（月）
新宿松竹を南と出たあと宮崎専輔（美学校生徒）にバッタリ。

三月二十四日（金）
【偶】電車の正面に栗本慎一郎坐る。

四月十八日（火）
【偶】秋山祐徳太子、アンリ菅野と西伊豆へ写生旅行。（図22）アンリが鉛筆削りを忘れたというので、自分が万一のために用意してきていたカッターナイフを貸与。

四月十九日（水）
【偶】写生旅行解散。企画の新見君に家まで送ってもらい、自分の荷物をあらためると、その中

(図22) 赤瀬川原平・アンリ菅野・秋山祐徳太子「文人・歌人・怪人風景画展」(案内状) ——ここに掲載したのは1992年の第4回展覧会の案内状。

に鉛筆の十本入った見知らぬ鉛筆ケースがあり、自分のカッターナイフもあるので、それがアンリの忘れ物だとわかる。

四月二十一日（金）

【偶】『一笑亭綺譚』のことで求龍堂の清水檀さんと式場隆成さん来る。帰ったあと黒いセーラーの万年筆をどちらかの人が忘れている。

四月二十二日（土）

【偶】「毎日グラフ」山路陽一郎さんの車で横浜港へ。おせあにっく・ぐれいす号出帆の取材のあと横浜でハンバーガーショップ、成城のケーキ屋さんで休んだあと電車で帰る。遠く用の眼鏡をどこかで忘れてきている。ケーキ屋さんに電話するがない。山路さんに電話するが留守。

四月二十三日（日）

《夢》夜ＵＦＯが飛ぶ、本格ＵＦＯ。

四月二十四日（月）

【偶】山路さんから、眼鏡を車に忘れていたとの電話。

十月三日（火）

【偶】「出口」王仁三郎。

十月十九日（木）

【偶】蓮實重彥にバッタリ。

十一月十二日（日）

【偶】新幹線でミヤケイッセイにバッタリ。

一九九〇年（五十三歳）

一月八日（月）

【偶】「アサヒ芸能」に共産主義は密封タンクだと書いていると、『世界の名酒事典』の石橋尚樹（講談社）から電話。座談会のゲラのこと。密封タンク、開放タンクのことをしゃべっている。

三月十四日（水）

【偶】地下鉄丸ノ内線で八坂さんにバッタリ。

ステーションホテル、「カメリア」で撮影の後、解散、新丸ビル地下でそばを食べて地下鉄に向っていたら、ステーションホテル撮影立合いの男（課長）にばったり。

三月十六日（金）

【偶】夜仕事が終わり酒を飲んだあと、クツ下をポイと投げたら二、三ぶつかったあと椅子の下の横棒にピッタリとかかる。ホーと思い、もう片方をポイと投げるとまったく同じ経緯でピタリとかかる。朝それを再発見して思い出す。

五月九日（水）

【偶】美学校で石井恭二（現代思潮社創業者）のことを話す。夜M田に会うと、『ちくま哲学の森』の著作権のことで石井恭二と話したという。

五月二十九日（火）

【偶】広川晴史に会う。

六月十九日（火）

【偶】三時ごろ、福岡放送のアンポ特集の電話インタビュー。終わったらすぐTELあり。広川晴史。アンポ二十一人被告の一人。そんな話をする。

六月二十九日（金）

《夢》遠い小便。

七月八日（日）
【偶】新宿マイシティのエレベーターで新日文の聴講生にバッタリ。ニコンを買ったと。
七月十八日（水）
【偶】小松空港で関根伸夫（現代美術家）にバッタリ。

八月七日（火）
［＊］月食。
八月二十四日（金）
【偶】長井さんからTEL。青林堂株主総会を九月二十四日にやるという。徳正寺での谷口英久・薫結婚式（仲人）のため欠席の返事。直後、徳正寺井上章子さんからTEL。鶴見俊輔さんとの対談ゲラについての話。谷口君のことなど話す。
八月二十六日（日）
【偶】パリジアナ（パリのホテル）のことで針生さんにTELしなきゃと思いながら山形からの帰り、小田急線成城の駅で止まった電車の目の前のホームに針生一郎、乗り込む。パリジアナのことを訊く。

九月三日（月）

【偶】迅君（徳正寺のご子息）のＴＥＬの時に虹。

九月四日（火）

【偶】禅と蟬のことを書いていたら、窓際に蟬が飛び込んできた。書き終わったら飛んで行った。

九月七日（金）

【偶】ルーブル美術館取材でパリに出かける。成田空港でフランス映画社の川喜多和子にバッタリ。

九月二十五日（火）

【偶】京都からの帰り、新横浜で降りるときに和泉達とバッタリ。

十一月六日（火）

【偶】上越新幹線で土井たか子を見る。

十二月二十五日（火）

【偶】年賀状の宛名書き、赤瀬川隼を書こうとした時ちえ子夫人からＴＥＬ。西春彦さんのＴＶの件。

一九九一年　（五十四歳）

一月十七日（木）

《夢》大分の家の境内。粘つく土の道を避けて敷石を歩くがグラグラ。古い石の土台がズルッとずれる。石垣も大幅にずれる。家が微動し、いまにも崩壊しそうな様子。

一月二十一日（月）

《夢》中国大陸の路上で魚とパンのような干物を売っている。隣の店の人が「これの方が安いから」と安物のサンマの半分に切ったのを騙して売ろうとしている。それを断ってパンのような干物を三セットぐらい買うことにする。財布をみんなが見つめている。四万円を払おうとするとほとんどがカラーコピー。いけないと思い、ポケットを探るが三万円しかない。

一月二十九日（火）

【偶】「日本カメラ」の仕事で柳沢信のゴールデン街都電裏通りの写真をウの目タカの目していたら、「諸君！」谷よりＴＥＬあり、四日の食事会はゴールデン街の「青梅雨」にしたという。まさに見ていた写真の裏側。

二月十六日（土）
【偶】新潟からの帰り、上野駅新幹線エスカレーターで、大島清次館長（世田谷美術館）とすれ違う。

三月三日（日）
【偶】帰りの新幹線、新横浜で降りようとしたところで糸井の秘書にバッタリ。

三月四日（月）
【偶】永上敬（毎日新聞社）と有楽町を歩いていたら交差点で善夫ちゃん（父方いとこ）の長女じゅんちゃんにバッタリ。声をかけられる。

三月九日（土）
【偶】昼すぎ京都→名古屋の新幹線で前日映画セットで会った仲代達矢のマネージャー女史にバッタリ。一つ後ろの席。

三月十一日（月）
【偶】南天子画廊の場所を訊きに牧神画廊にＴＥＬ。新美君不在。そのすぐあと、新美君が外からうちにＴＥＬあり、佐渡のことなど。

三月十二日（火）
【偶】出かけに式場さんから『二笑亭綺譚』の本の印税についての問い合わせのＴＥＬあり。そういえば二日前、久し振りに『二笑亭綺譚』の本を一冊だして、袋に入れてニューヨークの刀根康尚に送った。

三月二十三日（土）

《夢》地方の駅近く。駅への通勤通学路に猪が出る。背中に小さな座布団を三つ乗せられていて、子供たちがのったりしているらしい。電車が来て、車掌が緊急にドアを開け、「猪が出たから皆さんいまのうちに車内へ非難しなさい」と言っている。みんな急いで乗っている。

三月二十六日（火）

【偶】きのう矢島君からもらった古カメラ、マミヤVを久し振りにいじり、マンガっぽいアクセサリーだけ捨てようかと思ったがそのままにした。今日宅急便で矢島君から壱億円パズルが送られてきた。

四月六日（土）

【偶】朝、新美君のキャンピングカーで目白駅前にて秋山祐徳太子と待ち合わせ。目白駅は前々日に来たばかり。

四月十九日（金）

【偶】車中で見知らぬ青年に声をかけられる。ミノルタ新型未発表カメラをいじった帰り、三共カメラのウインドウにビビド発見！　購入。（図23）

五月一日（水）

《夢》和風の階段のあるホテル。エレベーターに乗ると、だんだん傾いてくる。見知らぬ少年と二人。少年は三階へいくという。エレベーターはぐんぐん傾きながら三階へ登りかけるが、ついに下がりはじめて二階に下がって登る。危ないので少年と二人二階に飛び降りる。

五月十八日（土）

《夢》石段につないでおいたニナがいなくなっている。赤い紐だけが残り、蛇みたいにくにゃくにゃと暴れながら這って来ようとしている。

八月二十七日（火）

【偶】あとで気がついたが、このところ旅行が多く、会津のあと唐津、そして大津、みんな津がつく。

十月十三日（日）

【偶】富山の帰り（NHKテレビの北陸三県路上観察）、横浜—東神奈川の一区間の電車の中で聞き覚えのある声がする。行ってみると秋山祐徳太子。

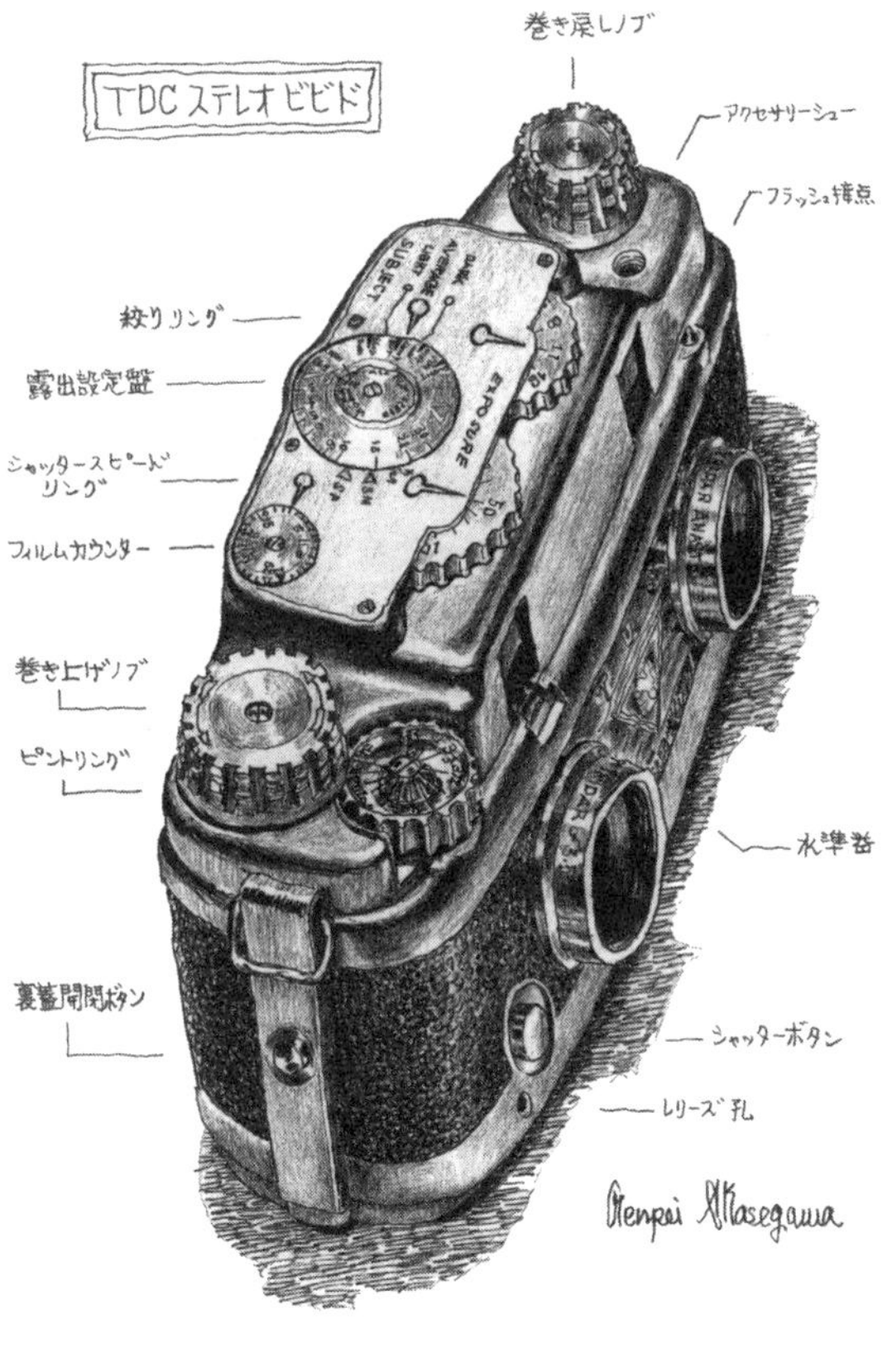

(図23) 赤瀬川原平＝イラスト「ＴＤＣステレオビビド」――赤瀬川が「中古カメラ市で最初に圧倒された」ステレオカメラ、「とにかく金属ギアがぎらぎらのむき出しで、あられもないという感じ」がしたという。(『中古カメラウィルス図鑑』小学館・2000年)

十一月三日（日）
【偶】尾道イベント会場で主催者側のジャンパーを着た新宮氏に会う。前に能登の海辺にゴミの考現学に行き、五日から同所へＮＨＫと行くので四、五日前に電話したがいなかった。
十二月十一日（水）
【偶】小笠原邸の猿。ＥＯＳ１００を買っての試し撮り中に見つける。（前日林丈二が撮影に来た由。）
十二月十四日（土）
【偶】小笠原邸のこと、林丈二にＴＥＬしたところ、ちょうどいま猿のことを「毎日グラフ」にかいていたところだという。

一九九二年　（五十五歳）

一月六日（月）
【偶】夕刊死亡欄に秋山さと子（68・ユング派の心理学者）と本坊豊吉（86・実業家）が並ぶ。
一月十日（金）

【偶】前日から着稿した「空罐」（秋山さと子さんのことを書いた小説）数枚のところでうまくいかず、他の仕事をし、また「空罐」に戻って書きはじめたとき、このところテーブル脇に置いてあるラグビーボール型懐中電灯に破裂音。ショートかと思いこわごわ触るが、何もない。平常通りに点灯。

一月十三日（月）

【偶】地下鉄表参道の乗換えのとき合田佐和子に声をかけられ、展覧会の案内状をもらう。

一月十四日（火）

【偶】中公の関陽子さんよりTELあり。きのう銀座にいませんでしたか、と訊かれる。見かけたらしい。

一月二十一日（火）

【偶】「天文ガイド」のゲラを見ながら望遠鏡のことを調べているところへ、文春文庫の星さん（清里高原ではじめて会った天文マニア）からはじめてのTELあり。仕事の依頼。

一月二十三日（木）

【偶】北井一夫（写真家）と取材のあと、「カフェグレコ」へ。北井はその上のニコンサロンへ行くのでちょっと付き合うと、山路、田中希美男（カメラマン）にばったり。

一月二十五日（土）
【偶】小田急ＯＸで尚子にＴＥＬしているところへばったり川本さん（尚子の友人）、電話をかけに来た様子。

二月四日（火）
【偶】ペンタックスフォーラムでＬＸのグリップに吊環のオプションを注文。受付の女性が名前を見て「あ」といい、アトム平井社長の娘で、しかも志木で赤瀬川敏子（弟の嫁）にピアノを習ったという。

三月二十六日（木）
《夢1》パーティで勅使河原一家を紹介され、見知らぬ家族がたくさんいる。
《夢2》自分の家が、田舎のでこぼこした物凄い広い敷地で、家が点在している。見知らぬ親戚があちこち住んでいる感じ。能舞台もある。キレイではないけど広さに感動。使い古された土地でなじんでいる。

四月十四日（火）
【偶】「ぴあ」のインタビューを申込まれていて前日からあれこれＴＥＬしたが、番号を間違って教えられていて通じず、なおもこの日104で調べてTELし、結局断念。マジメに連絡してアホを見る。あきらめて大阪駅を出ると目の前に「ぴあ」の車。あまりにもアホらしい偶然。走り去る。

四月三十日（木）

【偶】ステレオ写真打合せの会合のあと喫茶店を探すが、時間がはんぱでない。深夜喫茶の「マイアミ」をやっと探す。終電で帰宅すると、郵便局の「到着のお知らせ」がきていて、差出し人はマイアミ通販。怪し気なセールスらしい。

六月一日（月）

【偶】吉野さんの『宮武外骨　改訂版』（河出文庫）の装丁を考えているところに「文春」鈴木真紀子よりTEL。吉野さんの教え子。その電話が終わってちょっとしたら、見知らぬ男から虹の写真を見て欲しいと不審なTEL。個展会場で一度会っているという。話していたら吉野さんの教え子だという。

八月四日（火）

【偶】小田急線で根津に向う電車、下北沢を過ぎたところで前の席が空き、どうしようかと考えていたら隣の人が坐った。よく見たら針生一郎。挨拶。

九月七日（月）

【偶】「旅」沖縄の原稿を書きながら、夜、氷入り茶碗酒を飲みながらなお書いていると、突然氷が大きな音ではじけて水滴が原稿の上を横切り左へ飛ぶ。左には沖縄の資料。ちょうどユタのことを書いているところだった。

九月十一日（金）

【偶】「文春」十月号、外骨忌の写真載る。一つおいて次の見開きページに京都蹴上の発電所の写真左に見事なトマソン。

十二月二十七日（日）

【偶】 朝カルタ田中朋子、「室内」〇〇朋子、それともう一人朋子。

一九九三年　（五十六歳）

一月十九日（火）

【偶】 埼玉路上観察の発表会（**図24**）の帰り、新宿駅南改札口付近で仲間のM田君たちと別れた

10月の新刊　●9日発売

ちくま文庫

考えるヒト

養老孟司

脳を知ることは、自分自身を知ること

意識の本質とは何か。私たちはそれを知ることができるのか。脳と心の関係を探り、無意識に目を向ける。自分の頭で考えるための入門書。（玄侑宗久）

43300-8
660円+税

建築の大転換　増補版

伊東豊雄　中沢新一

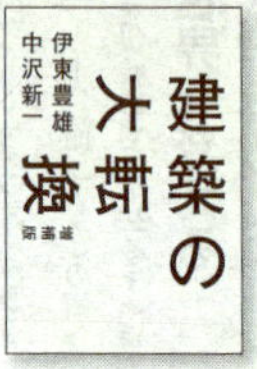

緊急出版！
新国立競技場、問題の核心を抉る

いま建築に何ができるか。震災復興、地方再生、エネルギー改革などの大問題を、第一人者たちが説き尽くす。新国立競技場への提言を増補した決定版！

43311-4
780円+税

「日本人」という、うそ

山岸俊男　●武士道精神は日本を復活させるか

現代日本の様々な問題は、「武士道」だの「品格」だのでは、解決できない。それはなぜか？「日本人とは」という常識のうそをあばく！（長谷川寿一）

43304-6
840円+税

「小津安二郎日記」を読む

都築政昭　●無常とたわむれた巨匠

本人が綴った25冊の日記と膨大な同時代資料を丹念に読み解き、〝人間・小津安二郎〟の姿を鮮やかに浮かび上がらせる小津研究の傑作。（尾崎翠）

43289-6
1500円+税

きみを夢みて

スティーヴ・エリクソン　越川芳明 訳

マジックリアリズム作家の最新作、待望の訳し下ろし！　作家ザン夫妻はエチオピアの少女を養女にする。「小説内小説」と現実が絡む。推薦文＝小野正嗣

43298-8
1400円+税

価格は定価（本体価格＋税）です。6桁の数字はJANコードです。頭に978-4-480をつけてご利用下さい。
内容紹介の末尾のカッコ内は解説者です。

好評の既刊

＊印は9月の新刊

地図と領土
ミシェル・ウエルベック　野崎歓 訳
孤独な天才芸術家ジェドは、世捨て人作家ウエルベックと出会い友情を育むが、作家は何者かに惨殺される——。最高傑作と名高いゴンクール賞受賞作。
43308-4　1400円＋税

ザ・フィフティーズ 3（全3巻）
●1950年代アメリカの光と影
デイヴィッド・ハルバースタム　峯村利哉 訳
マリリン・モンローからスプートニク、U―2撃墜事件まで。時代は動き、いよいよ60年代の革命が近づいてくる。解説対談は越智道雄×町山智浩
43287-2　1100円＋税

文庫手帳2016
安野光雅 画
かるい、ちいさい、使いやすい。見た目は文庫で中身は手帳。安野光雅デザインのロングセラー。毎年変わる表紙と口絵の風景画も大好評！
43302-2　660円＋税

人生をいじくり回してはいけない
水木しげる　水木サンがユーモアたっぷりに綴る、この世の天国と地獄
43249-0　680円＋税

幕末維新のこと ●幕末・明治論コレクション
司馬遼太郎　関川夏央 編　小説以外の文章・対談・講演から珠玉の19篇を収録
43256-8　840円＋税

増補 日本語が亡びるとき ●英語の世紀の中で
水村美苗　第8回小林秀雄賞受賞に輝き、広範な議論を呼んだ話題作
43266-7　880円＋税

ちゃんと食べてる？ ●おいしさへの51の知恵
有元葉子　元気に生きるための料理とは。台所の哲学がつまった一冊
43255-1　860円＋税

完全版 この地球《ほし》を受け継ぐ者へ ●地球縦断プロジェクト「Pole to Pole」全記録
石川直樹　22歳で北極から南極までを人力踏破。ほとばしる若い情熱
42939-1　1300円＋税

増補 ゾウの鼻はなぜ長い ●知れば知るほど面白い 動物のふしぎ33
加藤由子　元動物園の解説員が楽しく教える、驚きの動物雑学の数々
43275-9　720円＋税

モチーフで読む美術史2
宮下規久朗　代表的なテーマをヒントに美術を読み解く人気シリーズ第2弾
43284-1　840円＋税

英熟語記憶術 ●重要5000熟語の体系的征服
岩田一男　熟語を自然に理解できる！　幻のプレミア参考書
43279-7　1200円＋税

木挽町月光夜咄
吉田篤弘　時間と空間を縦横無尽に行き交う物語のようなエッセイ
43291-9　780円＋税

自分を支える心の技法 ●怒りをコントロールする9つのレッスン
名越康文　心が楽になる対人関係のバイブル、待望の文庫化
43290-2　720円＋税

＊**さようなら、オレンジ**
岩城けい　衝撃のデビュー作。芥川賞候補、太宰賞＆大江賞W受賞
43299-5　580円＋税

＊**心が見えてくるまで**
早川義夫　〝語ってはいけないこと〟をテーマにした渾身の書下ろし
43294-0　720円＋税

価格は定価(本体価格＋税)です。6桁の数字はJANコードです。頭に978-4-480をつけてご利用下さい。

10月の新刊 ●9日発売 **ちくま学芸文庫**

日本人は何を捨ててきたのか

■思想家・鶴見俊輔の肉声

鶴見俊輔／関川夏央

明治に造られた「日本という樽の船」はよくできた「樽」だったが、やがて「個人」を閉じ込める「檻」になった。21世紀の海をゆく「船」は？（髙橋秀実）

09699-9
1200円＋税

コンヴィヴィアリティのための道具

イヴァン・イリイチ 渡辺京二／渡辺梨佐 訳

破滅に向かう現代文明の大転換はまだ可能だ！ 人間本来の自由と創造性が最大限活かされる社会をどう作るか。イリイチが遺した不朽のマニフェスト。

09688-3
1100円＋税

間主観性の現象学Ⅲ その行方

エトムント・フッサール 浜渦辰二／山口一郎 監訳

間主観性をめぐる方法、展開をへて、その究極の目的（行方）が、真の人間性の実現に向けた普遍的目的論として呈示される。壮大な構想の完結篇。

09692-0
1700円＋税

Math & Science

微積分入門

W・W・ソーヤー 小松勇作 訳

微積分の考え方は、日常生活のなかから自然に出てくるもの。∫やΣの記号を使わず、具体例に沿って説明した定評ある入門書。（瀬山士郎）

09698-2
1100円＋税

価格は定価（本体価格＋税）です。6桁の数字はJANコードです。頭に978-4-480をつけてご利用下さい。
内容紹介の末尾のカッコ内は解説者です。

10月の新刊 ●7日発売

ちくま新書

1145
ほんとうの法華経
東京工業大学名誉教授 橋爪大三郎／宗教学者 植木雅俊

仏教最高の教典・法華経が、サンスクリット原典から全面改訳された。植木雅俊によるその画期的な翻訳の秘密に橋爪大三郎が迫り、ブッダ本来の教えを解き明かす。

06854-5
1100円+税

1146
戦後入門
文芸評論家／早稲田大学名誉教授 加藤典洋

日本はなぜ「戦後」を終わらせられないのか。その核心にある「対米従属」「ねじれ」の問題の起源を世界戦争に探り、憲法九条の平和原則の強化による打開案を示す。

06856-9
1400円+税

1147
ヨーロッパ覇権史
京都産業大学教授 玉木俊明

オランダ、ポルトガル、イギリスなど近代ヨーロッパ諸国の台頭は、世界を一変させた。本書は、軍事革命、大西洋貿易、アジア進出など、その拡大の歴史を追う。

06852-1
780円+税

1148
文化立国論
文化庁長官 青柳正規

▼日本のソフトパワーの底力

グローバル化の時代、いま日本が復活するカギは「文化」にある！ 外国と日本を比較しつつ、他にはない日本独特の伝統と活力を融合させるための方法を伝授する

06851-4
760円+税

1149
心理学の名著30
立命館大学文学部教授 サトウタツヤ

臨床や実験など様々なイメージを持たれている心理学。それを「認知」「発達」「社会」の側面から整理しなおし、古典から最新研究までを解説したブックガイド。

06855-2
880円+税

1150
地方創生の正体
首都大学東京准教授 山下祐介／東京大学教授 金井利之

▼なぜ地域政策は失敗するのか

「地方創生」で国はいったい何をたくらみ、地方をどう支配しようとしているのか。気鋭の社会学者と行政学者が国策の罠を暴き出し、統治構造の病巣にメスを入れる。

06857-6
900円+税

価格は定価（本体価格＋税）です。6桁の数字はJANコードです。頭に978-4-480をつけてご利用下さい。

(図24) 埼玉路上観察報告会チラシ（南伸坊＝イラスト）——1992年10月と1993年１月の２回、埼玉県を路上観察した結果を報告した。掲載したのは１回目のチラシ。

直後、大江健三郎さんに声をかけられる。辺りは混雑していたが、私が仲間たちと別れているところを見つけて別れ終るのを待っていた様子。ラッシュ時の小田急線電車のドア際に立って成城学園まで三十分ほど話す。吉田戦車は面白い、渡辺和博も面白いとか。あるいは私が前に小林秀雄の講演テープを聴いて面白かったと書いたのを読んでいて、自分には面白くなかったという話。だって学生の質問に対してはぐらかして答えているでしょう、といわれて、なるほど大江さんにはそう聞こえるのかと納得した。私にははぐらかしているとはぜんぜん聞こえないのだけど。

大江さんには前に芥川賞の授賞式で紹介されて、その後一度だけ電話で話したことがある。ちゃんと話したのは今回がはじめて。人混みに紛れての会話が楽しかった。

二月十二日（金）

【偶】文藝春秋のS木さんY安さんと四谷三丁目の店でちびちびやっていたら、入ってきた講談社のF岡さんとばったり。同行の伊井直行さん（小説家）をちょっと紹介される。この人は歴史上の人物かと思っていた。

私にははじめての店だが、業界人の行く店はあんがい共通していたりするから、これは大して偶然でもないかもしれない。

三月二十六日（金）

【偶】カメラ修理のために浅草の早田カメラへ行く。予約した時間に行ったら外人女性の先客がいて、早田さんはその人のカメラケースを修理しながらドイツ語で話が盛り上がっている。後で聞いたところでは、その人はドイツ人で、カメラケースが壊れたからと入ってきた（浅草は国際都市なのでそういうことがよくある）。早田さんが直しながら話すうちに、じつはドイツにいる日本人が共通の知り合いなんだとわかって盛り上がっていたのだ。

こういう他人の偶然にこちらが立ち会ってしまうことがたまにある。前に下北沢に停車した電車の窓からぼうっと隣のホームを見ていたら、そこにいた乗客の顔がさーっと変っていって、思いもかけぬ友人に出会ったらしくて、二人できゃあきゃあ驚き合っているのを目撃した。停車時間は三十秒くらい。

五月十七日（月）

【偶】小田急線の電車の中で針生一郎さんにばったり。これはしかし私が小田急沿線に引越してからの九年間で三回目なので、これも大して偶然とはいえないか。むしろ前回、というか去年、やはり小田急線で前の席が空いて、しかし隣に立っている人との間合いが微妙なので坐ろうかどうしようかと迷っていたら、隣の人が先に意を決してさっと網棚のバッグを取って坐った。帽子をかぶっているので上からではよく顔が見えないが、何となく針生一郎さんに似ている。違っていたら失礼だと思いながら、ちょっと腰をかがめてのぞき込むとやはりそうだ。そのまま、

「針生さんですか」

と訊くとその通りで、向うが驚いていた。そのときの偶然が強かったので、今回の出会った状況についてはちょっと忘れてしまったが、しかしその小田急線から地下鉄に乗り替えたら、銀座線の車内で上原善二君にばったり。昔の美学校の生徒でいまはカメラマンをしている。

六月二十日（日）

【偶】田園都市線の青葉台に不動産を見に行き、まあね、と思いながらの帰り途、車の窓から昔ジャイアンツにいていまは引退の角選手を見かける。自転車に乗って子供を前に乗せて、自分は下着姿みたいな恰好で脚を広げてゆっくりゆらゆらとペダルをこいでいた。いかにも現役引退のもうプレッシャーなしという感じがあふれている。あれ？　角選手ってまだ日ハムかどこかで現役だっけ？　と思い直したが、しかしあの姿では引退確実だ。

七月二十六日（月）

【偶】ブリヂストン美術館でNHKの「日曜美術館」の撮影の合い間、お相手の俵万智さんから、私が紀伊國屋ホールで遇った偶然と同じ体験をしたと聞く。これは私の『芸術原論』（岩波書店）の中に書いたことで、紀伊國屋ホールで私のはじめての戯曲「シルバーロード」を上演した時、その隣の紀伊國屋画廊で「シルクロードを訪ねて」という展覧会をやっていて、それが高校のときの先輩。しかもその向いの大ウインドウではもう一人知人の松沢宥さんの作品展示。しかもその日の朝「シルバーロード」の本の装幀者に赤ン坊誕生、といわれて想い出したらその同じ朝、昔の美学校の生徒から赤ン坊誕生の電話を受けていたのだ。というふうなんだけど、俵万智さんもその紀伊國屋ホールをめぐってほとんど同じ偶然体験をしたのだという。

八月五日（木）

【偶】銀座東急ホテルで椎名誠さんとコンタックスのカタログのための対談。椎名誠さんに会うのは何年か振り。そういえば昨夜某PR誌編集のY辺さんから何年か振りで仕事があった。むかし椎名さんにはじめて会ったのはそのY辺さんの雑誌での対談だった。

八月二十日（金）

【偶】「小説中央公論」に亡母についてのエッセイを書いていて、亡母の入院していた小平の西町病院のことが出てきたら、午後の郵便物の中にそこの院長のI藤君から同窓会の誘いの手紙が入っている。I藤君は中学のときの同級生で、そもそも最期の母がそこに入院したのが偶然。父のことは小説に書いたりもしたが、母のことをちゃんと書くのははじめてなのだ。何だかひやひやした。

十月十二日（火）

【偶】デザイナーの東幸見さんに電話したら、ベルも鳴らずに東さんが出てきて「あれ？」と言っている。向うもちょうど電話を掛けたところで、番号を掛け終ったらいきなりこちらの声が出たんだという。どうであれ通じているからいいんだけど、何か音声がおかしい。双方が完全に同時に掛け合って、何か妙なつながり方をしたらしい。とにかくもう一度掛け直そうと電話を切った。向うがまた掛けるかもしれないと思い、タイミングをちょっとずらして掛けると、またぴたり同じことが起きている。またベルも鳴らずに「あれ？」と言っている。向うも同じ考えでタイミングをずらしたようで、双方のずらし方がまたぴたりと同じだったのだろう。やはり音声がおかしい。ダメだ、もう一度掛け直そう、というのでまた電話を切る。こんどは充分にタイミングをずらして、さらにずらして、それで掛けてみたらやっとふつうの音声で通じた。

電話の偶然というのはよくあることで、キャッチホンにするとよくわかる。ずうっと何時間と静かだった電話が鳴って、取るとほとんど同時に別の電話が掛かってきている。前にキャッチホンにしていたときはそれが面白くて採集していたが、それがあまりにも多くて電話中にいらいらするので、いまの家ではキャッチホンはやめてしまった。

十月十三日（日）

【偶】小田急線の新宿終点で降りたホームで、後ろから粟津潔さんに声を掛けられる。何年何十年振りか。よくわかりましたねというと、後姿でわかったという。

こういう場合はほぼ同時のばったりか、もしくは私の方で先に気がついてしまって声を掛けそびれるというケースが多いのだけど、今回は違った。そういうこともあるのかと思ってそのまま駅の東口を出て歩いていると、もと日本読書新聞の「ドミュニケーション」にいたT岡さんにばったり。これはほぼ同時ばったりだった。

十月三十一日（土）

【偶】目黒美術館からの帰り、JRのイオカードと間違えてオレンジカードを買っていたことを渋谷の改札口ががちゃんと閉じたので気がつく。目黒駅では知らずにオレンジカードでさっと通過していたのだ（ラッシュ時のためか）。精算窓口で、じつはイオカードと買い間違えたのでと交換を求めたが受けつけてくれない。どの駅でも売っている同じ物なんだからと思ったが、買った駅でないとダメ、買った駅でも取り替えてくれるかどうか保証はできないという。JRの商品なのに、駅員の態度が物凄く悪くて腹が立った。

やむなく目黒駅に戻るとあっさり取り替えてくれた。ますます渋谷の駅員に腹が立つ。また渋谷に戻り井の頭線の切符を買おうとしていて百円玉を拾う。このくらいのことで騙されないぞと思うけど、でも拾うのは目出度いことで、少しは気持が和らぐ。

帰りの小田急線が向ケ丘遊園に停ったときだったか、隣の車輛で猛烈な大喧嘩の声が聴こえる。まだ夜の酔っ払いではないからよけいに殺気立って感じられる。電車がしばらく停車しているのでドア近くでの紛争なのか。調停者もなく罵声が長引き、五分ほどしてやっと発車する。何だか意味もなく苛立っているような喧嘩だった。
駅を降りて家路につくと、もう夜空になっていて、くっきりと満月が出ている。あ、満月だ、なるほどなと、何だか納得する気持になった。

十一月十二日（金）

【偶】イギリス大使館内で催されるアスプレイのレセプションショウに行く。アスプレイというのはロンドンにある宝飾品や調度品を注文製作する高級デパートみたいなお店で、九月にイギリスへ取材で行ったときに招待された。レセプションにはそのときの平凡社のY岡さんと家内とで行った。会場にはアンティークの高い高い宝石類がいくつか並んでいた。なるほどね、ということでそこを辞し、ではこのあと鮨でも食いましょうか、その前にちょっと仕事を片付けてくるからとY岡さんがいうので、近くのダイヤモンドホテルの喫茶室で家内と三十分ほど時間を潰した。コーヒーを飲み終ったころ、家内があれ？ といって足もとの絨緞の上から小さな粒をつまみ上げた。顔がやけににこにこと輝やいていて、これダイヤよ、といって私の掌に載せたのは本当に小さな粟粒くらいのものだけど、キラッと光っている。家内はバッグからルーペを出してのぞいている。宝石学校へ行って多少の知識はある。私もつられてたまに外で見たりするので、ふむふむ、たしかにこれはガラスじゃなくてダイヤだとわかった。ルーペでのぞくときっちりカッティングされて光も濃厚である。いままでの人生で、とくに子供時代を中心にいろんな物を拾ったが、

(図25) ダイヤモンドホテルのダイヤ（1993年11月）――「妻が足もとの絨緞に小さな光る粒を見つけた。ルーペでのぞくと、微小ながら真正の屑ダイヤの一粒」（「太陽」1999年９月号）

ダイヤはじめてだ。ダイヤといったって指輪の中心石の周りに付いている屑ダイヤの一つで金額も知れたものだろうが、でもやはりダイヤを拾うなんて目出度い。（図25）

「そういえばここはダイヤモンドホテルね」

と家内が気づいて、これには大笑いした。世の中にはいろんな冗談があるけど、偶然というのはときどき冗談を超える。

そのあと鮨を食っての帰り、地下鉄の階段で私がイアリングを拾った。金細工で光る石がぶら下がっているけど、ルーペをのぞかなくてもイミテーションとわかる。せっかくのダイヤにけちがついたと家内が言う。

十一月十四日（日）

【偶】家内と駅へ行く途中の坂道でイアリングを拾う。別に下ばかり見て歩いているわけじゃないが、ひょいと見えて拾ってしまう。家内がその物を軽蔑した目で見ていて、もちろんおもちゃ的な物なんだろう。

電車に乗って成城学園で降り、さて歩き出そうとしていると、すぐ目の前を和田勉氏がコートのポケットに両手を突っ込んで、口笛を吹きながら通り過ぎる。パーティ会場などで大音声で話しているのを見たことはあるが、とっさでもあり、面識もないのでそのままにした。そういえば最近は口笛を吹きながら歩いている人なんてほとんど見かけない。何だか懐しかった。

そのあと階段を下りて歩きはじめて、また何かリング状のものを見つけた。見つけた以上最近は意地でも拾うわけだが、一部がアスファルトにめり込んでいて、何だか汚い感じがした。通行人がはっと驚いて見ている。大変な拾い物と思ったのか。家内は本当に軽蔑しきって見ている。金と銀で細工したようなどうしようもないリングで、私も拾わなければよかったと後悔した。でもこれからはこういうのを拾い物専用のカプセルに抛り込んでおこうと提案して、その拾いを正当化する。

十一月十五日（月）

【偶】駅で切符を買う前に十円玉を拾う。

高輪の都営住宅内で秋山祐徳太子のブリキ彫刻を撮影し、（図26）そのあと筑摩書房のT見さんと三人で高輪台の駅へ向かいながら、祐徳さんが左側の建物を指してここのマンションに月百五十万円で住んでいる奴知ってるんだよ、と呆れ気味に話す。しばらく行くと向うから来る中年婦人が笑顔で近づき、祐徳さんの顔を親し気に見ている。祐徳さんがやっと気がつき、おうっとカン高い声を上げる。それがじつは月百五十万円の人で、いま話していたばかりなんだよ、月百五十万は凄いって、というと、それはここに来る前のもっと高級なマンションでの話で、ここは安いのよ、ということだった。

別れて歩きながら、こんな道で彼女に会ったことなんて一度もないよということで、祐徳さんも呆れていた。これも他人の偶然の立ち会いである。

十一月十七日（水）

【偶】四国の高松美術館で南伸坊君と公開対談。そのあと関係者数人と食事をしてぶらぶらと夜道をホテルまで歩いていたら、モンブランの万年筆を拾った。数人で歩く私の目の前だったので私が見つけて拾ったわけだが、モンブランを拾うなんて凄いと、みんな驚くというより何だか呆れている。

しかしモンブランといってもステンレス製のストレートスタイルのやつで、あの文豪が持つような黒くて太いのとは違う。でもたしかに例の白いコンペイトウみたいな印はちゃんとついている。照れ隠しに、この間はダイヤなんて拾ったんだよと言ったが、へえと言ったまま誰も信じてはいないようだった。

ホテルへ帰って試し書きをしてみたが、細字なのでちょっとつまらない。拾ったのに文句を言っちゃいけないが、ペン軸も手にするする滑って書きにくくて私の好みではない。

（以上この約一年の偶然のメモを記述したが、人に出会ったのと物を拾ったのが多い。偶然というのはどうもやはり物理的とか数理的とかいうよりも、人間的なもののようである。

拾い物の方はダイヤがどんときてからは光り物がとんとんとつづいたが、しかしダイヤ、モンブランときたからには、次はライカでも拾いたい。ズミクロンとかエルマリートとかのレンズが落ちていると凄いのだけど、まあムリだろう。偶然は期待したら偶然ではなくなる。）

(図26) 赤瀬川原平＝写真（種村季弘『人生居候日記』の装画用）——秋山祐徳太子のブリキのオブジェを、赤瀬川が家の外に持ち出して外光で撮影した。装丁デザインは南伸坊、編集は松田哲夫、鶴見智佳子（筑摩書房・1994年）。

一九九四年　（五十七歳）

一月十六日（日）
【偶】止まったまましばらく使ってなかったボストーク（腕時計）のネジを巻くとちゃんと動く。これはいいとその日腕に着けて出る。夜、日付けを合わせておこうと気が付くと、日付け表示はピタリ本日。

一月二十一日（金）
【偶】展覧会のことで名古屋へ行き昔のこと、伊藤忠義先生のことなど話す。帰宅したら昭子姉のハガキと伊藤忠義遺作展の案内状が来ていた。

二月二日（水）
【偶】人形町↓路上撮影中火事に出会う。

二月十五日（火）
【偶】新宿行き車内で芥川氏に会う。ブリヂストン美術館で米倉氏（もと朝日）に会う。（じつは前日、朝日連載記事切抜きをいじって米倉氏のことを噂していた。）

四月十九日（火）

【偶】世の中は政界再編、自分はカメラの政界再編。

四月二十四日（日）

《夢》中西夏之や仲間を駅まで送る。中西は女の姿になっていて鼻が異常に高く、薄く、ピンク色で、根元をネジで留めている。高梨豊のことを話し合う。帰り自分は小型回転椅子をぶら下げている。踏切りへ向うが足が例によって粘りついて物凄く重い。

六月九日（木）

【偶】銀座レモン社（中古カメラ店）の前で佐谷氏に、日本橋の地下鉄改札前で、毎日の青野編集長にばったり。

七月二十八日（木）

【偶】ＮＨＫ高松より、明治油絵画家高橋由一の番組に出演依頼の電話がある。そのあと夕刊に高橋由一の油絵をガラクタ市で発見という記事が一面トップに出ている。

十一月五日（土）

【偶】横浜骨董市で尚子と二人犬の絵ハガキを熱中して物色していたら、隣で同じく物色をはじめた人に声をかけられる。川崎徹夫妻。

十二月五日（月）

【偶】代々木上原で千代田線に乗り換え、座席に坐ったら隣に榎本了壱。

十二月六日（火）

【偶】尚子と十条をぶらぶら撮影。歩くうちに駒込に出たので、ついでに染井墓地に行き外骨の墓に参拝。帰ったら夜、吉野孝雄さんから電話で外骨の本の文章の確認。

一九九五年（五十八歳）

一月十一日（水）

【偶】元藤燁子（土方巽夫人）さんよりＴＥＬあり。ナゴヤの個展（図27）には行けない由。初日がちょうど土方の命日だという。

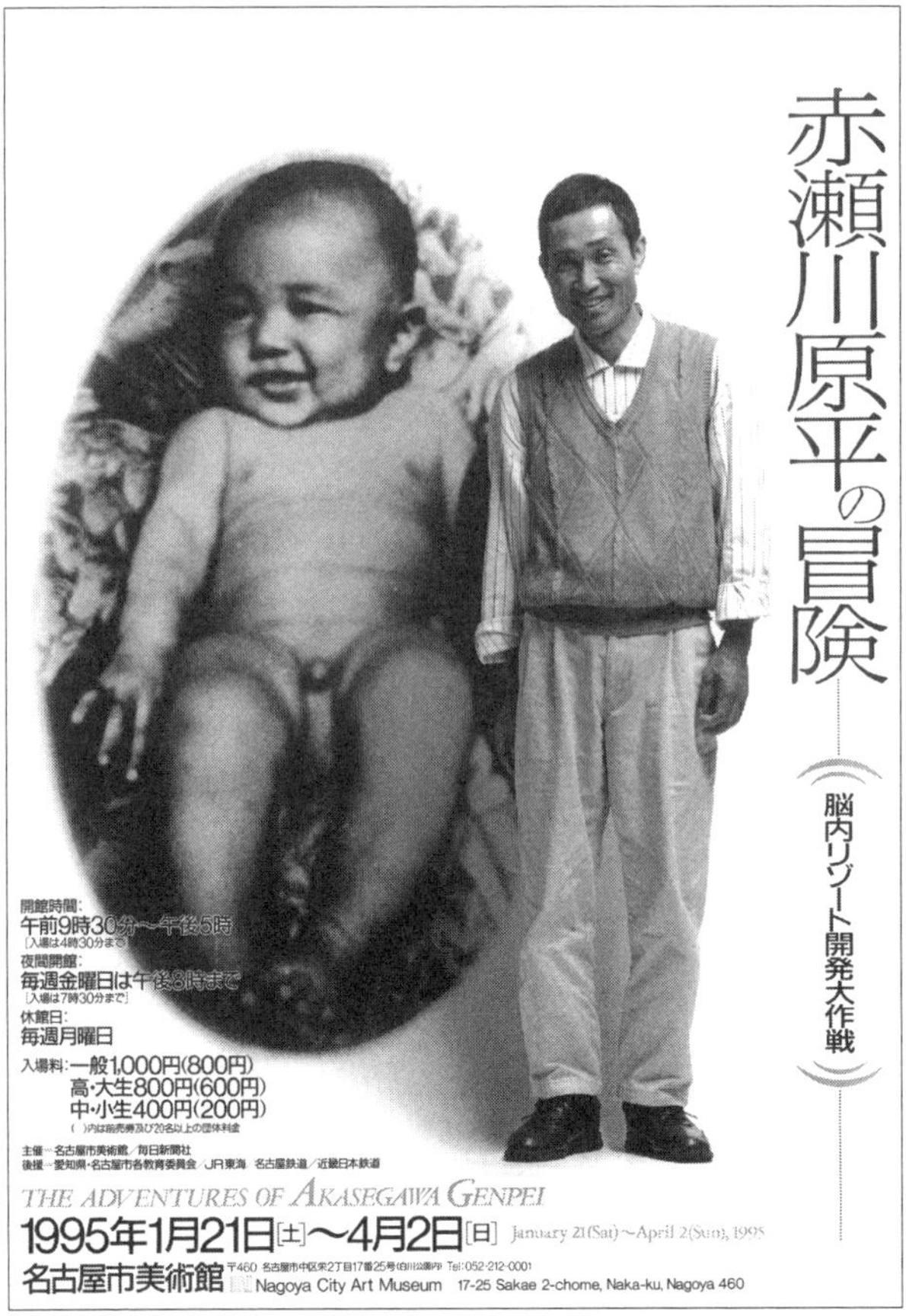

(図27)「赤瀬川原平の冒険——脳内リゾート開発大作戦」（名古屋市立美術館・1995年１月）チラシ——赤瀬川の初めての回顧展。

五月十七日（水）
【偶】小田急線に乗り換えたら柏木博にばったり。下北沢で降りる。

五月十八日（木）
【偶】銀座線に乗り換えたら目の前に兄。孫の正平を連れて坐っている。

九月二十二日（金）
【偶】自分のかん違いで小田急新宿改札でずーっと人を待っていた。来ないので念のためB1の改札にも行ってみたらカメラの門脇さんにばったり。

九月二十九日（金）
【偶】軽井沢でレイモンドの聖パウロ教会（木造）を見る。夜9チャンネルで東欧の木造建築の中に、そのレイモンド教会のモトになった故郷のチェコの教会が出てくる。

十月三日（火）
【偶】酒が入って眠って、小田急を一区画乗り過ごして相模大野まで行ってしまった。しまったと降りて乗り換えようとしていたら、カメラマンの門脇さんにばったり。

（図28）ベトナム路上観察を楽しむ主要メンバー（1995年12月）――この旅行から「老人力」という言葉（概念）が生み出された。（伊藤千晴＝写真）

十二月十三日（水）

【偶】ベトナム路上観察（図28）、最終日に富士フィルムのティアラを失くした。がっかりしていたが、この日フジのGA645をもらった。

十二月二十七日（水）

《夢》皆でスーツを着て旅行出発、広い屋内の中の櫓の上を通って行くコースが大変危険。ほかのグループもまじる。皆にはぐれそうになる。

一九九六年　（五十九歳）

一月二日（火）

《夢》財布入りのダウンジャケットがなくなる。友人に嫌疑、旅の途中。

一月五日（金）

【偶】夕方、尚子とニナの散歩で山道を帰りながら、家や住まいの話をしていて長井勝一さんのことが話にのぼる。夜、松田君からＴＥＬあり、長井さんが夕方亡くなったとのこと。その直前、風呂のガスが止まったり変だった。

(図29)「ライカ同盟名古屋を撮る」(1996年6月) チラシ——赤瀬川は鉛筆画、秋山はブリキ細工、高梨は写真で愛機を紹介している。

二月二日（金）

【偶】紀伊國屋の前で田中長徳にバッタリ。

三月十九日（火）

《夢》旅先で、写真を撮りたくなる風景。ライカ同盟（図29）の延長か。祐徳がナゴヤの調子で原平さんが撮るといい、という。中古屋で買ったカメラを使おうとするとシャッターダイヤルが木製のニセモノ。返却をどうしようかと悩む。

崖の上の道の中古自転車屋が、わざと崖から落ちそうに自転車を並べている。倒さずに通るのが危ない。

五月十三日（月）

【偶】昔、益子までペンタックスの取材に行った帰り、宣伝のXさんから父が使っていたというる中古のミノルタ110をもらった。以来まだ撮っていなかったが、「アサヒカメラ」の記事にするため何年振りかではじめてフィルムを入れバッグに入れて持ち出す。銀座でペンタックス宣伝部のもてなしを受け、以前の取材のときもう一人いっしょだった田中さんと話し、Xさんが去年ガンで死んだと知らされる。

六月六日（木）

【偶】新橋近くのテラスで伊藤千晴らとビールを飲んでいて雪野を見つけて呼び止める。女性（中野裕子）と歩いていた。

六月七日（金）

【偶】三共カメラの前で財布を拾い交番に届ける。現金数万円とカード多数入り。

六月十七日（月）

【偶】古雑誌の整理中、リコーゴールドの写真入記事を見つけて、そうか、ここにでていたのか、と思ったとたんにリコーの人から電話。それをもらえることにはなっていたのだけどその時の打合わせのＴＥＬだった。

七月九日（火）

【偶】新橋で「鮎正」がわからず電話しようとしている時、通り過ぎる杉浦康平を目撃。

七月十日（水）

【偶】新橋なんてずいぶんきていなかったのに、二日つづけて新橋にいる。

七月二十四日（水）

【偶】カッパブックス『赤瀬川原平の名画読本』の打上げで渋谷の中華料理屋。途中でトイレへ行くとふと一室に杉浦康平を目撃。

八月三十日（金）

【偶】トヨタ財団萩原さんからＴＥＬ、霊能力の動物写真家に会ってきた。職業は塗装業。ちょうどその時「日本カメラ」連載執筆中、内容は七宝彫刻のカメラ黒塗り感動の話。

九月二日（月）

【偶】伊賀から京都への帰り道、夕方車の前方に虹、相当長時間見えつづけている。明くる朝午前七時三十五分京都ホテル、カーテンを開けると空の外に完璧な虹。

十月十三日（日）

【偶】香港で羽仁未央らと座談会。二週間後大阪で羽仁進らと座談会。いずれも初対面。

十月二十九日（火）

【偶】代々木東口。

十月三十一日（木）

【偶】代々木東口。

(図30) 赤瀬川原平・山下裕二共著による著書の一部、『日本美術応援団』(2000年・日経ＢＰ社)、『日本美術観光団』(2004年・朝日新聞社)、『実業美術館』(2007年・文藝春秋)。

十一月六日（水）

【偶】次回「アサヒカメラ」はフジカ35-Mという好きな珍品カメラでいま手もとにあるが、「ザ・ゴールド」担当編集者から原稿催促のFAXあり、知人からフジカ35-Mを入手いちどご覧を、とある。

十一月八日（金）

【偶】トヨタ財団萩原からTEL。仕事の件のあと新築の家、勤めが東横短大、その美術館でいま牧谿展をやっているという話。午後山下裕二氏（図30）から速達あり牧谿展のキップが入っている。

十一月十二日（火）

【偶】「ちくま」対談（『深沢七郎集』刊行について）のあと「ナジャ」に行く。嵐山たちと別れて新宿駅に行く途中、四谷シモンにばったり。

十二月二十六日（木）

《夢》うらぶれたパチンコ屋の何処か壊れたような薄暗い台を選んでしまい玉をはじくけどぜんぜん入らない（ダイヤル式）。

一九九七年（六十歳）

一月二十二日（水）

【偶】「銀座百点」から仕事の依頼。その後「日本橋」から仕事の依頼。

二月十二日（水）

【偶】赤坂歩道橋の階段で人に挨拶をされ、訊くと「日経アート」の編集長だという。これから赤坂東急で日経新聞の人に会うところだった。その日経新聞の人と話していたら、去年家を建てたばかりで、町田でずいぶん土地探しをしたという。結局は仙川。

二月十四日（金）

《夢》古い大きな家を半分くらい入り組んで借りて生活している。私生活が接していて便所にも行きにくい。余分な利害がいろいろ。

九月三日（水）

【偶】小田急線新百合ケ丘急行。坐ろうとした席のとなりに芥川氏。

十二月五日（金）

【偶】玄関口で「アサヒカメラ」の使いと「日本カメラ」の編集者が同時に来る。

十二月二十五日（木）

【偶】町田東急ハンズで、アンリ菅野にばったり。町田でディナーショーだという。

一九九八年（六十一歳）

五月十三日（水）

【偶】「みなとだより」のエッセイの中で尾道のことを書く。その後郵便物の中に尾道市の刊行物あり。

五月十四日（木）

【偶】町田「鳳鳴春」で一人で夕食中、女性客に「尾辻克彦さんですか」と声をかけられ、鹿児島の博物館ガイドパンフをもらう。夜「花椿」吉田君よりＦＡＸあり、鹿児島根占町のホテルに泊まったら、何と部屋の名「赤瀬川」だったと。

六月二十九日（月）

【偶】午後二時四十分、ホテルについて15Fの部屋、カーテンを開けたら眼下に火事。距離にして二〇〇米くらいか。消防車が着いたばかりのところ。

七月三日（金）

【偶】芸大資料館で高橋由一の「鮭」を見たあと、ひょっとしたらと思って中西夏之教室を訪ねると、ふだんほとんどいないらしい中西がいた。

七月十七日（金）

【偶】「週刊読売」小野寺と銀座を撮影。終わってレモン社の中古カメラをヒヤかしていたら朝日の依田に声をかけられる。そのあと依田と路上で話していたら、「日経デザイン」鶴岡にばったり。

七月十九日（日）

【偶】画廊春秋の女性が絵を取りにはじめて来て玄関先でやりとりをしていたら、外に車が停まり、降りてきた男がニコニコ。金池小学校（大分市）の同級生金子昌史だ。

九月八日（火）

【偶】青葉台の晴子姉のマンションに行く途中、みたらいさんにバッタリ。

九月三十日（水）
【偶】山の上ホテルで、朝日新聞社「アエラ」のインタビューのあと朝日出版社の対談。

十月二十四日（土）
【偶】前日「アサヒカメラ」のバイク便にボルシーCの原稿を渡したばかりなのに、この日取材同行の編集者I君が持参したのがまったく同じボルシーC。いじらせてもらっているうちに気がつかなかった機能（ネジ出し式吊り金具）を発見。旅から帰って慌てて追記してFAXで送る。

十月二十七日（火）
【偶】小田急線、帰り居眠りし一駅乗り過ごし慌てて戻る。隣に坐ったのがラムちゃん（犬）のお母さん。はじめて言葉を交わしながら、ふと前の座席の婦人と目が合い、何と故山下菊二夫人。どちらと話していいのかわからず、とにかく隣のラム婦人と話すが、何とムサビのOB。しかもぼくの二年後ぐらいだったと。

十一月一日（日）
【偶】大分からの帰り（「ネオ・ダダ JAPAN1958―1998展」のシンポジウムに参加）、羽田空港。バス乗り場で俵万智を見る。声をかけて立ち話。

（図31）赤瀬川原平「ニラハウス完成記念版画」（1997年）――縄文建築団のメンバーに贈られた。

十二月三十日（水）

《夢》大きな船で航行中（ニラハウス（図31）の船化したもの？）ごちゃごちゃした小さな漁港に入るので、これは絶対ぶつかると思うと自動回避装置で寸前に船がバック。

一九九九年（六十二歳）

一月三日（日）

《夢》我家が一軒家の半分に住んでいる。隣家の親戚らしき夫妻が事情をしらずに廊下を通って我家に来て本を見ている。注意すると慌てて新聞一面に生米を吐き出す。

一月十三日（水）

【偶】金沢での講演と相模原での講演が三月六日でバッティング。金沢は眞柄教育財団、相模原は市役所の担当者が眞柄仁美。頭が混乱し。結局相模原がキャンセル。

一月二十二日（金）

《夢》小野洋子が出てくる。小野洋子と知らずに教訓をたれているおじさんがいる。

《尚子の見た夢》ある人気作家が出てきて文句をつけているという。『老人力』（図32）なんて出して、自分の本が売れないじゃないかと。

(図32) 赤瀬川原平『老人力』(1998年・筑摩書房) 電車の中吊り広告ー
ー40万部を超えるベストセラーになった。

二月八日（月）

【偶】夕方犬の散歩で森村誠一氏を見かけ、声をかけ自己紹介と立ち話。

四月二十二日（木）

【偶1】朝「ユリイカ」からTEL。赤瀬川、尾辻の特集をやりたいという。気が進まず。夜、紀伊國屋画廊・南伸坊の個展パーティで、「太陽」久田さんが、赤瀬川の特集をやりたいという。

【偶2】二次会で藤森さんに「藤森さんはお墓は作らないの？」と訊いてみると、じつは今朝、庭瀬康二（主治医）さん（図33）から墓を作ってくれとの電話があったという。そのあと東慶寺の赤瀬川の墓を頼む。やってみるとのこと。

六月二十日（日）

《夢》地方の学校職員室、こんなところでも講演しなければいけない。パソコンのキーボードに向って声を出しながらうんざりしている。

《尚子の見た夢》どこかの講演に行く途中の部屋で石原慎太郎にちょっと飲まないかと引き留められる。忙しいので後で、というと「俺の酒が飲めないのか」と文句をいわれる。考えた原平は、ちょうど食べていた石原慎太郎のご飯とオシンコをぱっと手にして口にいれ、「これでいいの

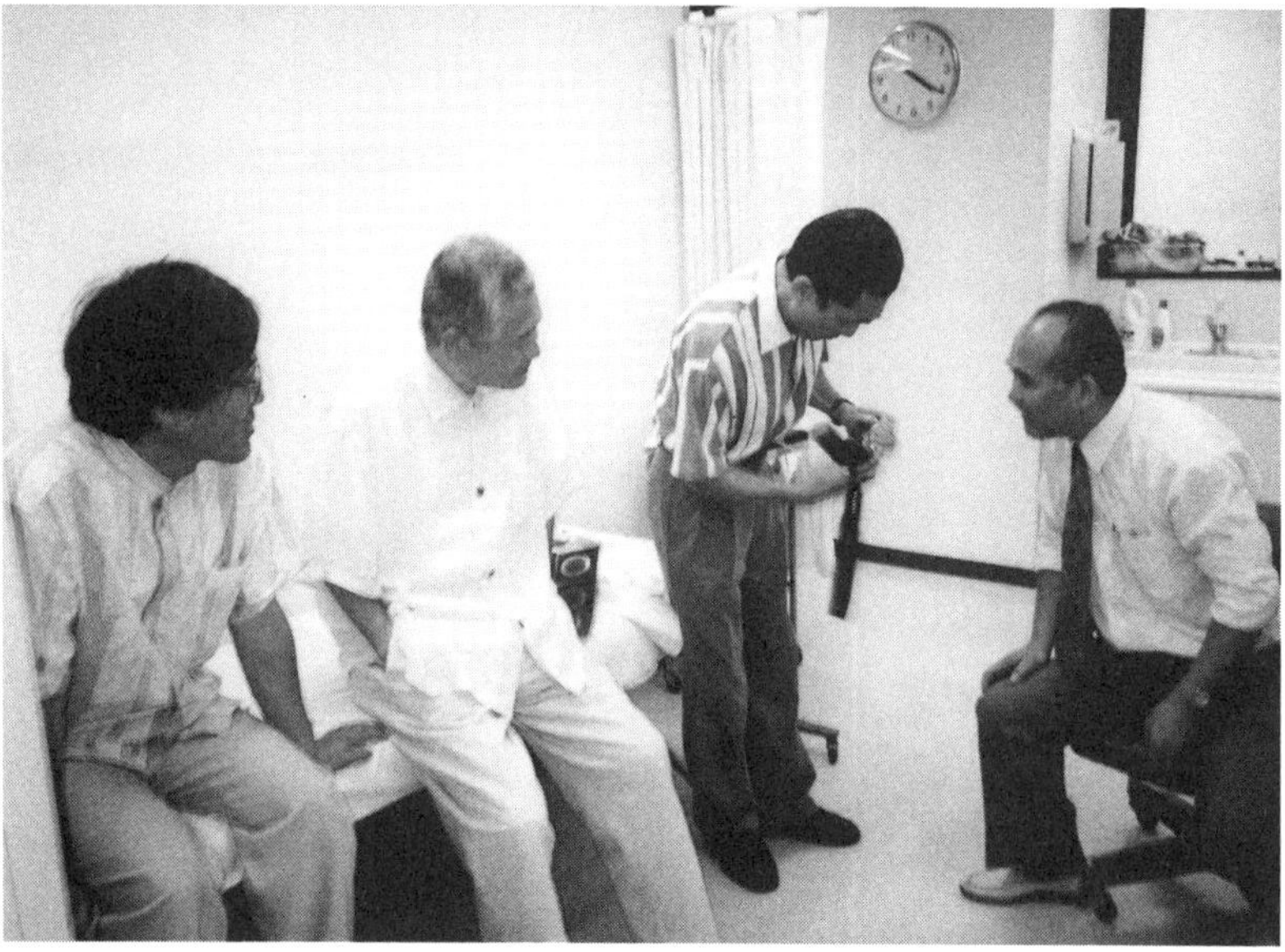

(図33) 路上メンバーの主治医庭瀬康二(1999年8月) ── 健康診断の後、カメラを乱暴に扱う庭瀬を叱る赤瀬川、見守る藤森と南。

か」と言って去る。原平は意外と大胆だ、と尚子は思った。
（同時に見た講演の夢の偶然。）

六月二十九日（火）

【偶】原稿やゲラを抱えてＡＮＡに乗り込む。締切り事情から、まず機上で書く原稿が「花椿」連載のタイトルマッチ「危ない飛行機が今日も飛んでいる」のタイトル評。あまり気分のいいものじゃない。

八月一日（日）

【偶】藤森、大嶋信道と鎌倉東慶寺へ行き墓地を見てもらう。墓設計のため。帰り家に来てもらい屋根のニラの手入れをしていると路上より声をかける人。見ると庭瀬夫妻。朝、藤森家へ無断訪問。留守なのでこちらへ回ったという。みんなびっくり。東慶寺のことを話す。

八月十一日（水）

【偶】庭瀬さんが結局東慶寺の我家の隣の墓地を買ったというので驚く。

八月二十七日（金）

【偶】午後最寄り駅の階段で森村誠一氏を見かける。

十一月十日（水）

【偶】東京ドーム日韓プロ野球スーパーゲームを見た帰り、大群衆の中でえのきどいちろうに声をかけられる。

十一月十三日（土）

【偶】帰りの新幹線でナシモト（芸能リポーター）を見る。

十一月二十一日（日）

【偶】帰りのＡＮＡの機内でナシモトを見る。

二〇〇〇年（六十三歳）

一月二日（日）

《夢》どこかの会館みたいな旅館みたいなところで、泊まった部屋がいつの間にか占領されたり、階を間違えて最上階に行くと古本屋。紛失したはずの荷物の一部コートなどが見つかるが、財布を入れたバッグがまだ。

《尚子の見た夢》ニラハウスがそのまま和室仕立てになっていて、忍者に吹矢攻撃を受けている。外れたのを拾って吹き返そうとするが、網戸から出ていかない。廊下から羽根の生えた白猫が入ってきて、それがじつは変身した忍者。

一月九日（日）

【偶】小田急デパートベビー用品売場で知人の出産祝いのチビ靴を買い、そのあとぶらぶら食事して、夜帰るので町田駅のホームを歩いていたら，ベビー用品売場の店員さんの帰り姿にちらとすれ違う。

一月三十日（日）

《夢》どこか大銀行のカウンターの前で、背を向けて。カウンターにどっかり坐り、札やレシートや何か調べるのに忙しい。やがて大金庫が開き、ＴＶか何かの取材陣が撮影に忙しい。

二月九日（水）

《夢》路上観察学会合宿の宿。さあでかけようというとき、足を引きずる男が本を持ってくる。歩き方が羽永さんに似ているな、と思ったら、本は羽永さんの遺作集。ページはザラ紙。受取って金を払い「羽永さんの息子さん？」と訊くと「みんなにそういわれる」という背は高くて顔も似てないが、歩き方が。さて出かけようとしていると、その男は路上の別の人にもその本を売ろうとしていて、ちょっとしつっこいなと思う。

二月十四日（月）

【偶】下北沢に停車した電車の窓から反対側下りホームに下りてきたアノラックにリュックの青年が、近所でときどき挨拶される人。名前は知らない。急行を降りて各駅に乗り換えるところらしい。

二月十六日（水）

【偶】駅ホームで米本昌平さん（思想家）に会い、代々木上原まで話しながら行く。

二月二十二日（火）

【偶】京王プラザ3Fエレベーター前で、タバコを吸っている唐十郎にバッタリ。

三月十九日（日）

【偶】大阪カメラショウで講演を終わり、ペンタックスの佐々木さんと77ミリレンズが大竹省二さんの肝煎りだと話していた。帰りの新幹線グリーン9号でトイレの帰り、座席にいる大竹省二さんにばったり。

五月六日（土）

【偶】午後、ヨミウリからもらった東京ドーム巨人ヤクルト戦の切符を尚子が妹の弓子にあげに行った留守中、F森から電話があり、六月の東京ドーム巨人横浜ボックスシートの切符をくれるという。

五月八日（月）

【偶】コニカからいただいたヘキサーRFを高梨さんに送ろうと荷造りした直後、コニカからT

ＥＬあり、ヨミウリを読んだとのこと。

五月九日（火）

《尚子の見た夢》南の家に子供が生まれて双子だという（おにぎり二つ、ウメボシとオカカ）。

五月二十三日（火）

【偶】鎌倉東慶寺で藤森、大嶋、隼夫妻（石職人三人）と墓の造成工事。隣は庭瀬さんなので、さんざん噂話をする。帰って尚子に聞くと留守中珍しく庭瀬さんからＴＥＬがあり、墓のことやいろいろしゃべったという。

七月八日（土）

《夢》旅館構造の建物の中を右往左往しているクモの巣が温かく、布のように張っているのを箒で払い取ろうとしている。

八月三十日（水）

【偶】お昼、京都「権兵衛」で山下裕二、「なごみ」滝井とそばを食べていたら、入ってきた新潮・鈴木力と朝日新聞・佐久間文子女史にばったり。

九月三十日（土）

【偶】京都山崎待庵の近くの実験住宅を訪れると、きのう藤森照信が訪ねてきたという。

十月一日（日）

【偶】帰って荷物の整理で嵐山のパンフを捨てる前に見ていると、ラジオドラマが終わり、「作者嵐山光三郎」。

十一月二十八日（火）

《夢》テーブルに十人ほどいて中西夏之が何か小さな仕事をしている。ぼくはこちらで誰かに中西のことを話しながら、ちょっと自分の言葉が中西に対して横柄だなと感じている。

十一月二十九日（水）

《夢》仲間と旅先の地。バスが出る前に昼の幕の内弁当を食べていて、まあまあ美味しい。ぎりぎりで駆け出すが、バスが発車しそうだ。

十一月三十日（木）

《夢》いつも夢で迷い込む広い民家を改造した下宿旅館。トイレに行くのに人の住む部屋を横切り、やっと和式トイレに着くが入口が男の体では入れないほどぎちぎちに狭く改造されている。太い工事用の材木で造られている。

十二月二十六日（火）
《尚子の見た夢》つげ義春が相撲のマンガを描いてそのパーティに呼ばれた。無造作な紙袋に花が入れてあり、一輪もらうがそれが凄く素敵な花。晴子姉も来ていてもらっていたそうだ。

二〇〇一年（六十四歳）

二月八日（木）
【偶】高梨、秋山と羽田空港で待合わせているとき渡辺和博にばったり。

三月二十日（火）
【偶】夕べ尚子がいらない辞書はないかといいだした。電子辞書がダメになったらしい。どこかに『新明解』の五版がでたときもらったのがあるはずだと、書棚を全部点検して最後にあった。そして今朝、三省堂の『明解物語』が送られてきた。

三月二十三日（金）
【偶】代々木の「ルノアール」でインタビューを受けていたら、ガラスの外の通りを行く渡辺直樹（元「SPA!」編集長）にばったり。二十六日に会う予定の人。

五月六日（日）

【偶】横浜球場、横－巨戦に取材観戦予定の「論座」編集の佐久間文子さんからＴＥＬあり。身内の不幸で同行中止とのこと。前回同球場カードのときは、こちら側の不幸（勅使河原宏死去）で中止となっている。

六月一日（金）

《夢》家に、Ｙ君のような若いのに紹介されたという中年のおじさんが来ていて、灰皿が吸殻の山。おまけに水洗便器が吸殻で詰まって水があふれていて、とんでもない奴だと思う。

七月二十六日（木）

【偶】ライカ同盟で吉祥寺を歩く。まず井の頭公園。池の橋の上で、久住昌之にばったり。（図34）その後いろいろ歩いて終わり、フイルムの残り分だけもう少し歩いていたら森田トミオにばったり。二人とも美学校生徒。尚子と同クラス。

九月十四日（金）

【偶】マガジンハウス手塚さんから梨がたくさん来たので、尚子が不動産の山田さんのところにおスソ分けで持って行った。久し振り。その日アロー自転車の山田さんから留守電が入っていた。久し振り。

九月二十日（木）

【偶】ア・ドーン（時計代理店）野田氏よりジラール・ペルゴのカタログ送ったとTELあり。尚子にわかに時計づいて、インターネットでオーディマ・ピゲのことなど調べる。こちらもにわかに時計づいて、渋谷チクタクにTELしてヨルク・シャウワーのカタログを請求。その後ウオッチ・ア・ゴーゴーからTELあり。来週末懐中時計の取材の仕事。

十月二十四日（水）

【偶】横浜からの帰りラッシュの始まったJR横浜線に乗ったら目の前に大久保鷹（元状況劇場の俳優）、中山駅までしゃべりながら帰る。

十二月五日（水）

【偶】毎日コミュニケーションズ高梨豊との対談を終えて神保町の地下鉄階段を下りていたらせっせと登ってくる藤森にばったり。この後ホームで見知らぬ読者に声をかけられ、名刺をもらったら美学校の下の階にあったイムラ封筒勤務の人。

(図34) 久住昌之と井の頭公園でバッタリ出会う。(2001年7月・野口達郎＝写真)

十二月十日（月）

【偶】京都駅から蹴上の都ホテルへ行く途中、タクシーが四条通りを過ぎた辺りで、左の歩道を行く高梨と毎コミ千種が見える。「タカナシさーん！」と声をかけるとハッと別の方向を振り向いて、タクシーは発車、気づかずに終わった。

十二月十一日（火）

【偶】北鎌倉の駅を出たら杖をついた橋口隆さん（元自民党衆院議員、父方の親類）にバッタリ。

十二月十七日（月）

【偶】ラジオ収録（ルミックス）の仕事を終え、虎ノ門の地下鉄の道を歩いていたら増田彰久さん（建築写真家）にばったり。

十二月二十八日（金）

【偶】手帖の電話リストの書きかえ。永上敬まで書いて一息ついていたら、永上よりＴＥＬあり。

二〇〇二年（六十五歳）

一月三十日（水）

【偶】皮コートのことでネットでやりとりしている奈良産業に電話すると、奈良のサンルートホテルでのフェアをやっているとのこと。明日まで。じつは明日、日本美術応援団の仕事で奈良サンルートホテルに泊まる。

夜のウォーキング中に、夕食が多かったのか、ちょっと吐き気。帰るとニナ（図35）がマットに吐いていた。

二月四日（月）

【偶】鈴木慶則（画家）から石子順造懐古談の原稿をみてくれという手紙。そこへ再現日本史連載「一休像」のゲラが届く。一休の身の上に石子順造の身の上を重ねて書いた自分の原稿。

二月六日（水）

《夢》町田の家と大分の家がいっしょになっている。ニナを誘導して裏庭から台所に向っていると、木の上にいつもの白サギ。無謀にも木に昇っていく。落ちたら大変。白サギが長い口バシでニナの目を突く。やられた、と思ったらニナも反撃に自分の長い口バシを白サギの耳の中にすーっと入れて突くと、白サギの目から水がたらたらと流れ出る。

二月十日（日）

【偶】坂道ですれ違うブルーのワーゲンが止まり、窓を叩くので見ると大分の同窓生、宮本雅之。

二月十一日（月）

【偶】今日も小田急のスーパー魚売場で宮本にばったり。

二月十三日（水）

【偶】南蛮図屛風は日本の戦争画に共通するとの文を発想して書いているとき、バスハウス久保田よりTELあり。かねてより申し合わせていた近美の戦争画の展示をいつ見にいこうかとの話。

四月十三日（土）

【偶】ニューオータニ美術館へ行くエレベーターに乗ったら、目の前に呉智英。「広重展」に行くというのでいっしょに鑑賞する。

四月二十六日（金）

【偶】原爆ドーム、資料館を取材した広島から帰り、町田駅からのタクシーが市役所角で信号停車。ふと見ると目の前の市役所の柵に「広島の被爆石」という展示の張札。

五月二十九日（水）

【偶】写生のため欠席した長野県美術館準備の報告電話が藤森よりあり。そういえばきのう帰りの新幹線の同じ車輛に田中康夫知事が一人で乗っていた。写生も長野の白馬だった。

九月二十八日（土）

《夢》大井町の辺りが海辺で、石垣の小山がうねうねとしている。この間行った投入堂の、三徳

(図35) 赤瀬川原平＝写真「ニナ」(1999年 1 月・『新正体不明』2000年)——1985年、キャベツの箱に入れて裏山に捨てられていた。

山の危険感覚である。人があちこち石垣を登り下りしていて、大井町だから中西夏之に会う。大井町の住人だった中西は、地形が変ったといっている。

十一月二日（土）

《夢》ガランとしたロフトに数人の人々。藤原紀香みたいな女性がテーブルの上に立って、お尻をだしてもいいという。一同うなずくと、肛門が内臓ごとずるずる出てきて、ロフト中に広がる。十倍か百倍くらいの比率。入ってもいいといわれて、男一人が大腸の中に全身もぐり込む。次々入らないと先の人が死ぬぞといわれ、二人、三人ともぐり込む。既に藤原の体から分離してしまっている腸部分もある。

二〇〇三年　（六十六歳）

一月二十四日（金）

《夢》中国でみんなとはぐれて一人駅へ急ぐが道がわからない。凸凹の地形、町の雑踏。

三月一日（土）

《夢》朝、台所でたまらずに吠えたニナの一声で、すっと目が覚める。

六月十九日（木）

【偶】『背水の陣』（日経BP社）刊行。出だしの一文が野村監督時代の阪神快進撃。時代のズレを心配したが、ちょうど星野監督の阪神快進撃でぴったり。

八月八日（金）

【偶】もうじき「日本カメラ」が出るが、先日渡した原稿が三年ほど前路上で奥の細道をたどったときのカメラに入れっぱなしのフィルム。北国か北陸か、大雨台風に濡れて光る街の風景。タイミングを心配していたら、台風。十号が九州から上陸日本列島全域で大暴れ。

八月九日（土）

【偶】細川護熙「不東庵」で焼いてもらった赤楽茶器があまりにブザマな出来で、窓際に並べてみたものの使う気にもならず、こんなもの雨漏りの水受けにでも使うしかないといっていたら、本当に台風接近で、窓枠の上からポタポタ雨漏りが赤楽茶器に。

十月三十日（木）

【偶】川仁さんの記念号への原稿を書きながら、川仁さんの死に際してはとくに偶然はなかったなど思っていた。その文章が川仁さんの影響でトロツキー伝を読んだ体験を書き終えたとき、頭にぽつりとてんとう虫が落ちて、石子さんの死に際してのてんとう虫の偶然を思い出した。

二〇〇四年　（六十七歳）

一月十二日（月）

《夢》旅先の合宿所に松山巌がいて、ぼくと面識がないつもりで友人を介してぼくに何かいおうとしている。朝日の書評委員会で会っているじゃない、というと思い出している。長いホースで服の埃を飛ばしていて、ニナがいうことを聞いてそのホースを口で吹いている。試しにぼくがそのホースを取って吹くと、唇があるのでピュッと強く吹ける。ホラね、というと、ニナが苦笑していて可愛い。

一月二十三日（金）

【偶】午前十時ごろ大分合同新聞より電話。リュウキュウ（大分のづけ料理）にコンニャクをいれるか入れないかの話を聞かれる。その直後読売新聞人間列島担当者より電話。少年期に大分にいたことの確認。昼、大阪「あまから手帖」から源泉徴収票「大分のリュウキュウ」一点。

一月二十七日（火）

【偶】都営新宿線の新宿のホームで、肘付きの杖を手に髪ぼうぼうの人がいて誰かと思ったら、昨日中西の会で会ったばかりの今泉さんだった。神保町まで隣に坐って話す。

一月二十八日（水）

【偶】文春の川村容子と鈴木マキコが来て文春新書の打合わせ。夜になって、マキコの恩師吉野孝雄からＴＥＬ。五日前ぼくも打合わせした外骨特集の件について。

二月一日（日）

《夢》高松次郎と二人、何かの集団について旅行している。そこがお寺みたいな夜の混雑の中で、自分はロングピースの袋の本数の減ったところに何か必要な物を入れている。入れにくい。高松が群集の後から背伸びして水墨画を描いてる現場を見ようとしている。面白そうなので、時間を少し変更してちゃんと見ようと準備をする。

二月二十七日（金）

【偶】朝、国有地の無用の木を作業員が来てチェンソーで伐りはじめた時、「日本カメラ」下田さんが原稿を取りに、お土産に桃の枝木をもらう。とみん銀行に中国への投資をすすめられて書類を書く。『赤瀬川原平の名画読本　日本画編』（光文社）が中国（香港、台湾）で『日本名畫散歩』として翻訳出版され、見本が送られてくる。

五月二十七日（木）

《夢》大きな屋敷改造の旅館か。二階で同行の軽い男が、火鉢の煙を包んで噴射して飛ぶ紙ロケットをやる。見事飛んで天井に張った和紙を破り、火がつく。いったん燃え広がって消えたようだが外に出て屋根を見上げると、案の定青い煙が出始めている。消防車を呼ぶように忠告する。

八月十三日（金）

《夢》夢のなかで中平卓馬にばったり。記憶喪失以来たえていたニュアンスが回復していて、おーっといって笑いながら握手。

十月三十日（土）

【偶】義父宗市七回忌で尚子不在。台所で洗濯物をしていて尚子のコップを割ってしまう。直後ＴＥＬあり、新潟下倉の桜井叔母さんから地震見舞の返礼の言葉。法事のことを告げる。夜尚子からＴＥＬあり義母久子が食事中倒れ、尚子も気持ち悪くなったという。個室内でのほかの親類のタバコのせいらしい。

十二月八日（水）

【偶】ＪＲ新宿駅の中央口をでようとしたところで毎日永上にばったり。

二〇〇五年　（六十八歳）

一月七日（金）

【偶】ラジオをつけたら1242のデジタル数字。アレ？　と思って消しても同数字。周波数と時刻がピッタリ同じだった。

一月十三日（木）

【偶】尚子に鼻の小さなニキビを指摘される。鏡を見るが見えないほど小さい。陰茎のイボを透視したのか。

二月一日（火）

《夢》昔よく夢の中で歩いた渓谷沿いの観光地に、近道するつもりで紛れ込み、行けども行けども道に迷うばかりでへとへとに疲れてくる。

四月十四日（木）

【偶】新宿中央口を出て「大庵」に行く途中、美学校石版画講師の阿部氏とすれ違う。一声あり。

四月十五日（金）

【偶】下北沢のホームから乗車しようとしている松山俊太郎を電車の中から見かける。

五月二十八日（土）

【偶】東慶寺に行く途中でマガジンハウス船山に声をかけられる。二十年振りくらい。東慶寺墓参りのあとキッサ「吉川」に入ろうとすると出てくる中平卓馬にばったり。その後鎌倉駅江ノ電のホームで由比ケ浜行きを待つホームで宮井陸郎（映像作家）に声をかけられる。三十三年振り。いまどきインドにはまっていて、怪しい。

十月十八日（火）

【偶】新横浜の新幹線ホームで萩原なつ子（社会学者）に声をかけられる。聞くと同じ列車の同じ八号車の座席が隣でびっくり、DとC。しゃべりながら名古屋まで、萩原は神戸まで。

帰り名古屋新幹線のホームのベンチで坐っていたら、目の前で中日ＯＢ板東英二と牛島和彦がばったり、出会って会話している。

十二月三日（土）

【偶】ヒゲ剃り後のローションぱたぱたで、ミヨ（飼い猫）（図36）のお迎えがあり足でなでなで

(図36) 赤瀬川原平＝写真「ミヨ」──1988年、裏山で拾った猫。2006年年没。

となるのだけど、この日は日が照ってないせいか、お迎えがなく、ローションぱたぱたの瞬間に「ガルドン」（ペットショップ）ミヨの缶詰と砂の配達が玄関でインターホンを鳴らした。

二〇〇六年　（六十九歳）

一月二十六日（木）
【偶】これまで尚子、原平とも別々に、単独で見ていた庭を横切る珍獣を、ついに朝二人で見る。
（「珍獣」については「Ⅱ章　珍獣を見た人」をお読み下さい。）

一月二十七日（金）
【偶】日本美術応援団で警察博物館へ行き、いざ見だしたとたんにやはり見に来たみうらじゅん氏とばったり。その前昼食で山の上ホテル和食部で玄侑宗久夫妻にばったり会っている。

五月二十三日（火）
【偶】毎日夕刊サンポで本郷三丁目で降りて東大に向おうとしていると女性に声をかけられ、昔北宋社で『少年とオブジェ』を担当してくれた高橋丁未子さん。いま東大正門前で画廊をやっているというので後で訪問する。

六月三日（土）

《夢》家に帰るとパソコンか何かを直しに来た男が道具を手にしたままコタツで居眠りしている。起こすと帰りかけて台所に行き、包丁を持って襲いかかってくる。大声を上げて目が覚める。

九月七日（木）

【偶】藤森のヴェネチア・ビエンナーレ建築展、展示の手伝いに来た助っ人たちが借りていたアパートの屋上で、縄文組最後のお疲れパーティでお月見としゃれたら、何と月蝕の月が上がってきて、後に満月となる。

十一月九日（木）

【偶】ムサビの「狩野派展」を見て日本画トーク。行くと山下裕二がきていて、聴講され、あと研究室で皆でワイン。

十二月七日（木）

【偶】四谷で乗り換えの駅構内で、田中長徳氏とばったり。

十二月十日（日）
【偶】荻窪から西荻窪、吉祥寺方面へ撮影散歩し、桃井町の辺りで、スーパーへ買物帰りの李礼仙にばったり声をかけられる。

二〇〇七年（七十歳）

六月七日（木）
【偶】お茶の水で毎日夕刊サンポ中、元岩波の川上さんにばったり。
六月十二日（火）
【偶】ボウ（近所の犬の名前）夫人ご挨拶にくる。夕方散歩中ボウ主人とボウちゃんにバッタリ。
六月十七日（日）
【偶】桜子から花のプレゼント。父の日か。応接間の机に置く。仕事をしながら位置をずらすと、ちいさな青い花一輪が落ちて、人が来たときいつも自分が坐る側の机のフチにピタリと止まる留まる。

九月十一日（火）

【偶】ユンハンス・メガスターの電波時計の長針のズレが気になりいじったら、十二時に止まって動かない。輸入元にＴＥＬするとあれこれ方法を説明された後に、ちょうどいま福島の発信元が事故だという。

共同通信の「老人力から十年」というエッセイを執筆中、『祝！中古良品』（ＫＫベストセラーズ）について書いていたら、編集元の同文社前田和男からＴＥＬあり。十一月に路上観察という話。

二〇〇八年（七十一歳）

一月三日（木）

【偶】東慶寺の帰り、川底に出てきたネズミを見る。

二月十四日（木）

【偶】昨年の暮れ、目眩《めまい》になって自宅療養しているところに、仲間の秋山祐徳太子さんからお見舞いの手紙が届いた。中に展覧会の案内状が同封してある。見ると展覧会のタイトルは「わたしいまめまいしたわ」。

え？　何これ。凄い冗談………、と思ったら、冗談ではなく本当のことで、ちゃんと国立近代美術館での展覧会だ。秋山さんも出品している。こちらがたまたま、それに会わせるように目眩になっていたわけで、まったくの偶然だった。現実というのは凄い。

地下鉄の竹橋で降りて、美術館へ向う。場所は北の丸公園。皇居の空気の感じられるところだ。科学技術館や武道館も近い。渋谷辺りの雑踏よりも、目眩者にとってはずっと歩きやすい。でも展覧会はどうか。本当は目眩の渦の中へ、好き好んではいりたくはない。でも目眩という病気は、少々ぐらぐらしても恐れずに歩いて治すのだと、先生にもいわれた。とはいえそもそもはストレスが原因なので、ストレスは避けなさいともいう。難しい。

会場には案の定、目眩絵がたくさんあった。ひところ流行した幾何学模様での錯覚アート。この類は遠慮する。あえて目を回すまでもない。現代芸術の特徴で、気持ちの悪い作品も多い。これも避ける。各テーマごとに解説があるが、理屈、というか理論ばかりが積み重なって、これもストレスの温床なので避ける。ときどき写真やその他、具象なものもあり、そういうものだけを見て歩く。目ざす秋山さんの作品は、東京都知事選に立候補したときの選挙ポスターで、三十年ほど前の事実、実物で、痛快な現実だ。

やっと企画展の会場を出て、せっかく来たのだからと常設展の方を見る。佐伯祐三、岸田劉生、安田曾太郎など、見る目に美味しい。目眩の伴う創作料理の後やっとふつうの和食にありついた感じで、ゆっくりと味わう。

二月二十四日（日）

《夢》鹿児島のような田舎に来ている。帰りの切符が何かもたもたしている所に、風倉もいて話している。

三月六日（木）

《夢》以前よく見た中古集落に、あちこちからの人が来ている。集落が再開発か、立ちのきかで揺れていて、地下のドームなど新しく石を掘ってるのがすごい。南伸坊が昔の友人たちと来ていて、いっしょに帰ろうとしているが、例によってこちらがアタフタしている。

四月七日（月）

《夢》リゾート地での集まり、沢渡朔（写真家）とずいぶん親しく話しながら停留所まで行く。

四月二十九日（火）

【偶】『昭和の玉手箱』（東京書籍）のあとがきを書く。日付を入れて気がつくと、昭和の日（後に編集者が発見）。

六月四日（水）

【偶】新神戸で夕方、新幹線東京行きホームで種村幸子（スパン・アート・ギャラリー）にばったり。

六月六日（金）

【偶】タクシーで帰宅。家の前で降りるとき急に左右後からの車が重なり、慌てて支払ううち小銭入れを落したらしい。

六月十七日（火）

【偶】毎日夕刊サンポでブリヂストン美術館へ。特別展は岡鹿之助。入り口で田淵裕一（芸術家）にバッタリ。夫人とその母もいっしょ。母は医者で当時岡画伯をよく診ていたという。

二〇〇九年（七十二歳）

三月二十六日（木）

【偶1】取材先の文化財研で自分に関する資料（新聞記事やパンフなど）を見る。それを届けたS氏が、じつは住友銀行時代に兄と共にパージされていた人。

【偶2】黒田記念館で、同行寺尾カメラマンの曽祖父が初代日本天文台長（麻布）で、黒田清輝に仏語を教えていたという話に、その曽祖父を描いた黒田の肖像画が見つかる。

【偶3】上野顔面大仏を見に行くと、そのお土産屋の友人が遊びに来ていてL同のファンで、丹青社の重役の知り合いだという。

六月十一日（木）
【偶】前の晩ぼんやり見ていたＴＶに黒塗りの旅客機のデザイナーの話。明けて今日取材で羽田格納庫に行くと、その黒い旅客機が着陸した。九州の会社らしい。
六月十二日（金）
【偶】前日羽田でパイロット訓練施設を見学したら、今日「週刊文春」のエッセイで林真理子が同スチュアーデスの訓練施設の話を書いている。
八月十八日（火）
《夢》ローカルな島の海の村。カメラを向けたい光景がふんだんにある。浜辺で改造養殖怪獣が人の近くで泣いている。（昨日見たＴＶ養殖ワニの影響らしい。）
九月七日（月）
【偶】きのう見知らぬ男が近辺を撮った写真集にこの家も載せさせてもらったからと突然置いていった。今日、ミズモリアドですが、という女がニラハウスを見に来たという。外からはいいが、中はお断りした。

九月九日（水）

【偶】本日来訪の「ＰＨＰ」加納氏が皆既日食当日、上海武漢に行っていたという。その後ＴＥＬあり文春川村女史が何十年振りかで「天文ガイド」を買ったら、ぼくの一文を見つけた。川村女史は屋久島にやはり日食を見に行っていた。

二〇一〇年　（七十三歳）

一月二十二日（金）

【偶】交詢社ビルの「赤坂璃宮」でトーク後の会食中、緊急ブザー。一階でボヤ発生で全員退去。そのつづきを「お多幸」おでん屋へ。

Ⅱ章

偶然小説

舞踏神

偶然というものには恐れ入る。ある似たような二つの出来事が、たまたま同じ時に重なったりする。そこに何の意味もないし関係もないのだけど、何かキラッと光るものを感じてしまう。といってその光るものが何であるのかわからない。

ふつうの生活でも偶然はピカッ、ピカッと光っているが、人が死んだときなどにはそれがとくに多いようだ。

二年前、母が死んだ日には玄関の鍵が折れた。夜になって戸締りをしていたら、真鍮のねじ込み式の鍵がポロリと折れたのである。金属の鍵が折れるなんて、そうあるものではない。仕方なく鍵のないまま戸を閉めて夜を過したのだが、夜が更けてくるにつれてどうも落着かない。玄関から誰か侵入した気配を感じて、振り返ったりする。しかしまあ一晩くらい鍵がなくても、と思って仕事をしていると、深夜三時ごろに病院から電話がかかり、母が息を引き取ったと知らされた。

因縁をいう人は、家に帰ろうとする母の霊が鍵を無にしたのだ、ということを考えるだろうと思ったりした。

この間ヨーロッパに旅行したときにも妙な偶然があった。

海外に出たのははじめてである。展覧会のこともあってイギリスのオックスフォードに行ったのだが、はじめはカルチュアショックで気持が浮き立ってしまい、偶然どころの騒ぎではなかった。歩いていく先々でカルチュアショックがピカピカと光っているので、たまに偶然がピカッと光っても、気がつかなかったのかもしれない。

オックスフォードはじつに綺麗な整った街だった。その点ではとても爽快であったけれど、こちらは何しろ言葉がほとんどできないので、どうしても気疲れが激しい。展覧会やシンポジュウムでいろいろな人に会って話しかけられても、通訳のできる人がいなければお手上げである。といってただ黙っているわけにもいかず、まるで動かない不随意筋を何とか動かそうとしているみたいに、結局は気疲れだけが残ってしまった。

オックスフォードでの仕事を終えてロンドンに向うときには、あとはもう見物だけでいいのだと思い、やっと少し気が楽になった。そして駅で切符を買って電車に乗って、それは乗客の手動で開閉するドアだったので、私も一人前のイギリス人みたいに自分の手でドアを閉めた。そうしたら閉めた左手はいいのだけど、右手の指をドアの蝶番のところで思い切り挟んでしまい、親指の爪の下に黒い大きな血マメが出来た。

猛烈に痛い。

それを合図に電車はオックスフォードを離れていった。

私は痛い大きな血マメを見ながら、これはオックスフォードのピリオドだと思った。外地で言語障害になってしまった自分のふがいなさを、パチンと平手で打たれたようでもあった。そう思うとこれも偶然のようだが、しかしこれはただの出来事かもしれない。

その電車に一時間乗ってロンドンに着いたのだけど、ここで黒猫と遭遇した。

ホテルにチェックインしてからすぐ街に出て、まず昼食をというので小さなイタリア系のレストランに入ったのだ。空いたところを探しながら、妻の尚子と二人、いちばん奥の席に坐った。見ると私の左隣の椅子に黒猫が寝そべっていて、それがやおら起き上がって私の膝の上に来てしまった。うちにも黒猫がいるが、私は本来は動物が苦手である。猫にしても尚子の勢に押されて仕方なく飼ってしまい、いちおうのところは慣れてきた。そんな程度だから尚子の方がだんぜんの猫党であり、私の膝に来たロンドンの黒猫に向かって、

「いらっしゃい、いらっしゃい……」

と言って自分の膝を叩いている。

「英語で言わなきゃだめだよ」

と言うと、尚子は、

「あ、そうか」

と笑いながらまだ猫に向かって自分の膝を叩いている。私もそっちに行った方がいいと思い、自分の膝をそっと傾けると、ロンドンの黒猫は躊躇しながらも仕方ないという様子で、尚子の膝に移った。さあ来たというので尚子は両手で撫でて喜ぶのだが、ロンドンの黒猫はそこには義理で行った様子であって、二度三度とゆっくり足踏みをしながら回れ右をすると、また私の膝に来てしまった。

尚子はと見るとプンプンである。私は本来動物好きではないわけだから、また隣の空席に戻ってくれればいいと思って膝を傾けたり開きぎみにしたりするのに、ロンドンの黒猫はそんな坐りにくそうな私の膝におもむろに丸まりながら、ぐっすりと寝込んでしまった。そこへ注文のスパゲッティが来て、私たちは昼食をすませたのである。

食事がすんで、さて、という感じで私が膝を動かすと、ロンドンの黒猫は、あ、そうかという感じで、あっさりと床に降りて周りをちょっと見回したりしている。

入口で勘定を払っていると、店の主人が笑顔で何か話しかけてきた。私も尚子も言語障害で簡単なこと以外はわからないが、店の主人は盛んに、「ベリーハッピー」と言っている。どうもその話の様子によると、私がベリーハッピーということらしい。その黒猫はかなりの気むずかし屋で、お客の膝に行くことなんてまずはないようなのだ。その猫にあんなにたっぷりと膝に来られて、あなたはベリーハッピーだということらしい。日本でもそうだが、イギリスでは黒猫は福をもたらす猫なのである。そう言われれば、悪い気はしない。

そんなわけでオックスフォードが黒い血マメで終り、ロンドンは黒猫の歓迎ではじまった。これも何かしら偶然のようだが、まあただそれだけのことかもしれない。

さてロンドンで黒猫の効果はどうあらわれるのかと思ったが、とくにこれといって福はなかった。あるいはこれも小さな福が知らずにピカッと光っていたのを、異人として浮き足立っている私が気がつかなかっただけなのかもしれない。

それからもう一つの、これは本当に偶然なのだけど、パリである。

ロンドンで四日過して飛行機でパリへ行った。出発のとき指には気をつけようと意識したが、飛行機のドアはお客が閉めなくてもいいのでとくに何ごともなかった。パリに着陸してからは緊張した。とにかくパリにはスリとタカリと犬が放し飼いにしてあるというので、空港の廊下を歩いているときから身構えていた。いちおう何ごともなく道路を歩いて、タクシーに乗ってホテルに着いた。レジデンス・パリジアナ。パンテオンというところの近くらしいが、私には方角はまるでわからない。建物全体が猛烈に古くて、その受付をしている背の曲がった女主人も九十三歳だという。真っ黒の鉄骨のエレベーターは、日本ならとっくの昔に粗大ゴミで出ているだろう。これはもう本格的なパリだと思った。

こんなホテルに自分一人ではいれるわけはなくて、じつはオックスフォードの展覧会でいっしょの針生一郎さんに案内されたのだった。美術評論家である。このホテルは安くて自炊もできるので、日本からの長期滞在の学者たちがよく利用しているらしい。

食事のあとお茶でも飲もうというので、針生さんの後についていって、地下鉄に一駅か二駅乗ってみたりして、どこか大通りに面したカフェテラスに入った。暖かい季節にはよく映画で見るみたいに通りからじかに出入りできるのだろうが、冬なので道路側にはガラスが張られている。そんなところのテーブルについて、小さな一口カップでトルココーヒーの濃いのをチュルッと飲んだ。外の通りをパリの人たちが映画のように歩いている。気がつくと東洋人が二人立ち止まって、ガラス越しにこちらを見ている。あれは日本人ではないか、と思っていると向うもそう思っていたらしくて、その二人が入口を回って入ってきた。一人が、

「尾辻さんですか?」

と訊くので、あれ? と思っていると、その人が松浦寿夫さんなので驚いた。

じつは知り合いの四方田さんに、パリには友人で美術史研究の松浦寿夫がいるから何かのときには電話するようにと番号を聞いていたのだ。

もう一人は頭髪を剃り落した青い頭にハンチングをのせていて、暗黒舞踏の室伏鴻さんだった。初対面だが、この人も間接的には知っている人。

そんな偶然がパリに着いてすぐに発生したのだ。

しかし聞いたところでは、パリのカフェテラスで日本人同士が出合うのはそうないことでもないらしい。

しかしそうはいっても、やはりこの偶然はピカッと光った。いったい何がこの衝突をもたらしたのか。

さあパリは凄いぞ、これからぞくぞくと奇蹟が……、と思ったが、あとは何もなかった。地下鉄の構内でスリに遭い、ルーヴル美術館ではタカリに合ったが、偶然ということでは何もなかった。あるいはスリやタカリの放し飼いを警戒しすぎて、偶然が光ったのに気付かなかった、のかもしれないけれど、とにかくふつうにものごとが進んで帰国の日が近づいた。飛行機のドアは安全に閉まり、何ごともなくアンカレッジで給油をすませ、飛行機は無事日本に着陸した。

じつをいうと、この飛行機事故の偶然をもっとも警戒していたのだ。事故は重なるものだというが、飛行機ではとくにそれが激しい。飛行機事故の歴史を振り返ってみると、それが必ずある特定の時期に集中している。大きな飛行機事故があると新聞にはよく「これまでの主な航空機事故」という略年譜が出る。あの表にあらわれた事故の偏りを見て無気味な思いをしているのは、私だけではないだろう。

そして今年はその当り年だ。日航機の墜落を中心に、さまざまな飛行機事故が蝟集している。それもしかしもう終ったかと思い海外旅行に踏み切ったのだが、オックスフォードに着いた翌日、ホテルのテレビを見ていたら、カナダでまた飛行機墜落があって二百人ほどの人が死亡したという。だから自分の乗った飛行機がいずれも重力の危険をくぐり抜けて日本に着陸できたのは、やはりロンドンの黒猫の力によるのかもしれない。

と思うのは考え過ぎというものだろう。たまたま事故の蝟集する偶然の固まりをたまたま避けてこられたのも、また偶然に過ぎないことである。

空港を出る車の窓から、また味もそっけもない日本の街並を見つめながら、私は自分がそれを見ている偶然について考えていた。西洋の異国から無事帰還した日本人の私は、味気ない日本の街並のその味気なさにホッとしている。日本のつまらなさに対するこんな親近感ははじめてだった。

さてそうやって、実り少ない偶然の旅も終りに近づいたかと思ったのだが、そうではなかった。

「ただいま！」

と言いながら玄関のドアを開けて、床に一歩上がったとたんに、私は白い紙の箱にはいったのかと思った。つい見回してしまった。自分の家がふわふわしている。軽い。この家は最近のツーバイフォーの建売住宅である。壁紙の下は合板で屋根は薄いスレートであり、物理的な軽量はたしかなことだ。それはわかっていながら、目にする壁の表面も床の表面も、質感が軽すぎて宙に浮いている。何しろ前日までのパリというのが石造建築に何百年もの歴史を塗り重ねた、まるでルオーの絵の油絵具の混迷を踏み歩いてやっと脱け出てきたようなものだったので、この軽さはむしろ痛快だった。日本の断面図をずばりと見てしまった。

でそれは話の本筋とは違うのだけど、そうやって帰ってみたら、家に蝙蝠が舞い込んでいたのだ。

留守番は中学一年女子の櫻子と、一人では不安なので頼んであった宗市じいさんだ。その二人が、

「じつはこっちにもね、ビッグニュースがあるんだよ」

と言っているのだ。

家から小田急線の駅まで行く道というのがちょっとした山道になっている。道の片側は広いグラウンドを見降ろしていて、片側は人の踏み込めないような雑木林になっている。通り抜けるのに五、六分はかかり、夜は真っ暗になるのでさすがに男の私でも別の道を通る。まあ昼間ならちょっと寂しくて孤独にもなれるという、なかなか味わいのある道なのだ。

その道をある日、留守番の宗市じいさんが買物に行くので通ったら、山道の全体が真っ黒になっていたという。この辺りの市町村から全部集結したような烏の大群が、山道一面にびっしりと、そこに面した雑木林にも、グラウンドの方の金網にも、真っ黒になって群がっていたという。宗市じいさんは一瞬ひるんだが、何だろうと思って観察すると、烏の集団の視線が一点に集中している。その一点とはグラウンドに面した金網のところで、そこに黒い大きな蝙蝠がぶら下がっていたのだそうだ。まだ生きていて、その蝙蝠に向かって何匹もの烏が交替に波状攻撃をかけている。その蝙蝠の大きさから、これは南洋の蝙蝠だと直感した。宗市じいさんは戦争で南洋へ行っ

ていたのだ。このままでは蝙蝠がやられると思い、山道の石を拾って鳥の大群に投げつけた。鳥はパッと散ったが、半円を描くようにしてまた取り巻いている。宗市じいさんは家に櫻子を呼びに帰った。そして二人で石を投げつけながら進んで鳥の大群を追い払い、その蝙蝠を連れてきたのだという。

「連れてきたって、いま家にいるの?」

「そう。でっかくてね、可愛いよ」

「えー?」

「飼うといいよ。多摩動物園に電話して聞いたらね、それは物凄く珍しいって」

「飼おうよお父さん」

櫻子までそんなことを言っている。私は本当は動物が苦手なのに猫を飼うはめになり、最近はいちばん怖いはずの犬まで飼うことになってしまった。この犬というのも仔犬のまま山道に棄ててあったもので、この上蝙蝠までも、というわけにはいかないのである。尚子も、

「蝙蝠はねえ、ちょっとねえ」

と渋っている。せっかくのビッグニュースを報じた宗市じいさんたちはちょっとあてが外れて、

「とにかくちょっと、持ってきたら……」

ということで櫻子が二階に飛び上がり、階段をゆっくりと降りてきた。両側の壁をこするような音がして、大きなダンボール箱があらわれた。そのダンボールを取り外すと、中に大きな鳥籠

いっぱいの黒いものがいる。

(うわ……)

と思わず声を洩らしたが、身長が四十センチほどもあろうかという見事な大型蝙蝠だ。蝙蝠といえば動物図鑑で拡大写真を見ていて、その顔が何かミミズの断面図というか、顔とはいってもまるで意志の通じない軟体の凹凸で無気味だったのだ。ところがこの大型蝙蝠はぐるりと黒い大きな眼鏡のような目玉が二つあり、こちらをちゃんと見ている。いや見ているような気がする。人間と生活している猫や犬のように、ひとつの格をもっているというか、何らかの意志が通じ合うような気がする。それが両足で鳥籠の天井からぶら下がりながら、ゆっくりと動いて羽根をちょっと開いたりするさまは、

(暗黒舞踏だ……)

と思ってしまった。見事な鞣革のような黒色である。それが重い鉛の流れのように動きながら、羽根を広げれば一メートルはあるだろう。日本産でないことは一目でわかる。

櫻子は盛んに「セキニンをもって飼うから」というが、家には鳥を狙う猫がいるんだし、やはりムリだろう。宗市じいさんは、それなら自分の家で飼うといって自宅に電話をしたが、おばあさんに断わられてしまった。そこもまた猫が二匹と犬がいるし、それにやはり「蝙蝠を飼うなんて……」という一般庶民感情というものがあるのである。宗市じいさんはそれが南洋のものだということで、非常に残念そうだった。

もちろん南洋からじかに飛んで迷い込んできたものではないだろう。きっとこの東京のどこかに飼われていたものが、何かのはずみで逃げ出したものだろう。あるいは飼い主に棄てられたということも考えられる。どこかに貼り紙を出そうかとも思ったが、高価なものとなれば偽って名乗り出てくる不届き者もあるかもしれない。やはりここはもうあっさりと、その筋の公的な機関にあずけるのがいちばんいいのではないか。

数日してから多摩動物園の紹介で、近くの「こどもの国」の動物園の人がトラックで引き取りに来た。鳥籠は宗市じいさんと櫻子が慌てて買ってきた物だけど、それごと渡した。櫻子はちょうど学校へ行っていなかった。帰ってから、

「今日ね、こどもの国の動物園の人が……」

と伝えると、ひどくがっかりして、唇を歪めて二階へ上がって行った。

しかし妙なことだと思う。オックスフォードの黒い血マメにはじまり、ロンドンの黒猫、パリの暗黒舞踏、その黒い点線がとうとう生な形で家の中にはいり込み、こどもの国に運ばれて行った。

というのはまあ考えすぎで、探し出せばこういう暗合はどこにでも転がっているのかもしれない。いずれにしてもこのところピカピカと点滅していた偶然の連なりも、これでひとまず消えていったと思ったのである。

ところが。

旅行から帰って休む間もなく正月がきて、それが慌ただしく去ってやっとホッとしていた一九八六年の一月二十一日、午後の五時ごろ、友人の中西夏之から電話があった。

「あ、ごめん。いま東京女子医大にいるんだけど、土方巽さんが……」

危篤なのだという。私は面喰らった。突然のことで、危篤という伝統ある言葉にピントが合わない。危篤の前には病気があるはずだが、事故ということもある。

病気？　と訊き返すと、医師にはもう方法がないのだという。まさか、と思ったが、中西は現にいま病院にいるのだ。慌ててしまった。もう一度訊くと、危篤の原因は肝硬変に肝臓癌が併発していて、もはや成り行きを待つしかないのだという。行く必要がある、と目前の仕事のスケジュールを考えながら、恥しくなった。必要という言葉の恥しさに真っ赤になって電話を切った。

それにしても突然だ。入院していることなどまるで知らなかった。

ズボンだけでも穿き替えていこうと思いながら、大根ずしのことを思い出した。二ヵ月ほど前の十一月のことだ。私がフードピアという催しに招かれて金沢へ旅行する前の日、その金沢から宅急便が届いて、中から白い大根ずしが出てきた。送り主は土方巽。

土方さんからの宅急便なんてはじめてである。私が金沢に行くのにしたって十年振りのことだ。妙に交差するものを感じた。

金沢に行ってから聞いてみると、土方巽の一行が東北巡業の途中に金沢にも寄っていったのだった。そのとき土地の名物を私に送ってくれたのだろう。だけどなぜ私などに。

たしかに最近になって、土方さんが私の小説を綿密に読んでいるのを知って驚いたことがある。書いた私にしたってその文章にかろうじて封じ込めたと思う意味を、丸ごと取り出して、しかも磨き上げて見せてくれた。私はそのあまりにも敏感なアンテナに驚いたのだ。

土方巽は暗黒舞踏の元祖である。一九六〇年代のしょっぱなだったと思う。山手線の目黒駅からずいぶん歩いて、稽古場のアスベスト館まで公演を観に行った。もう夜になった街にぬっと教会があらわれて、その隣にアスベスト館があった。入口に脱いだ靴が何列にも敷きつめられていて、そこをはいると夜店のようなところに観客がぎっしり満員で、のっぺりとして青光りのする頬が目に焼きついた。三島由紀夫の頬だった。

狭い板の間に何人かの裸に近い人体が、踊りとも演劇ともつかぬ動きで動いていた。その片隅にたしかミカン箱があって、裸にドテラを羽織ったような男がしゃがみ込み、ミカン箱をバシバシ叩きながら踊り子や裏方たちに指令を発して、ときどき怒鳴りつけている。それが何となく芸術を観にきたつもりの潜在意識の私には、まるで芸術とは違う関係に落とし込まれたようで、強いショックを受けた。自分の気持がミカン箱になってバシバシ叩かれているようだった。そのドテラの男が土方巽だった。

私は山道を歩いて駅に行った。夕方だけど山道は静かで、誰にも会わなかった。宗市じいさんが蝙蝠を見つけたという辺りで立ち止まってみたが、鳥は一羽もいない。草の葉の陰には虫の気配もない。犬にも出合わずに山道を通り抜けた。

エレベーターで昇ってドアが開くと、恐しく静かな空間に人々がみっしりと立っていた。全員の視線がこちらに向かっているが、エレベーターを越えた先に土方巽の病室があった。

視線に押されてゆっくりと病室にはいると、目を閉じたまま動く土方の顔がベッドにあった。ベッドの周りに土方の奥さん、友人の奥さん、弟子たちの奥さん、大勢の奥さんがいる。土方の体には、医療機器から何本ものビニールの管が伸びてつながっていた。土方はそれをひきずりながら体を動かし、周りに電波を飛ばしているようだった。顔面を凝縮させながら、ときどき両手をふらりと振って、その動きがまるでいつもと変っていない。何年も前からその動きをしているではないか。目はもう人を見ていなかったが、そばで奥さんが私の名を告げてくれた。かすかに反応するリズムがあったようだが、それもすぐに消えた。私はなすすべもなく見守っていて、結局なすすべもなくその場を離れた。

「………」

奥さんが病室から出てきたので無音に近い声で挨拶をした。聞けば十二月に軽い検診のつもりで入院をして、それがそのままここまできてしまったのだという。

気になるのでもう一度訊いてみると、入院したのは十二月の十四日だという。

私の視線が奥さんから離れた。そのまま虚空を伸びていって、こどもの国にたどり着いた。十二月十四日といえば、留守中の私の家にあの黒い大きな蝙蝠が舞い込んだ日である。

私の視線が奥さんに戻ると、奥さんはもう病室に消えていた。

どうしたものか。私は中西夏之たちと病院を出て、目についた喫茶店にはいった。コーヒーをまぜながら考えてみた。十二月十四日、蝙蝠も家に舞い込んだけど、パリでは私が暗黒舞踏の人と出合っている。そのことに気が付いて、また私の視線は虚空に飛んでいった。

「……………」

中西も黙ってコーヒーをまぜている。白いミルクがコーヒーの水面で、ゆっくりと渦を巻いた。あの蝙蝠はやはり家にいた方がよかったのだろうかと反省をした。あの見事な鞣革のような黒色を思い出した。でもやはり、私には自信がない。何を与えていいかもわからない。動物園には、ちゃんと専門家がいるだろう。

土方さんとは最近になってやっと少し話を交わすことができたのだ。アスベスト館でミカン箱を叩くのを見て以来、草月ホール、千日谷会堂、紀伊國屋ホール、日本青年館と、その舞踏の波をたどって見てきたが、とても近づくことができなかった。体を張るというが、土方巽は言葉も張っているわけで、私には自信がなかった。そこにどんな言葉を交わしていいのかわからない。だからその張った言葉と体の中にはいり込んでの中西夏之の鮮やかな舞台美術は、ほとんど羨望の気持で見つめていた。

土方巽は舞踏の前に絶食をする。骨と、立ち上がるのに必要な筋肉だけをそなえて、土方の体は細い鉛の杭のように、ステージに直立するのだ。そうするとその末端の小指の先だけがゆっくり動いて、指先の小さな虫の力に引かれるみたいに、鉛の杭が静かに回転しながら傾いてゆく。

そうやって土方の体は、ステージの上の迷路のように伸びて回りながら、人々に微細な流体の言葉をつたえる。その舞踏のリズムが、どういう原理にもとづくものか、その公式が私にはわからなかった。

それでも私も少し舞台の仕事を手伝ったことがあるし、（図37）中西の後について稽古場へ遊びに行ったこともある。アスベスト館の広い板の間で、ひっそりと数人で冷や酒を飲みながら、土方巽の話はいつもピュンピュン高速粒子のように飛び跳ねていた。言葉の意味がその言葉を猛スピードで追い抜いていくようだった。追い抜いて飛び去るのではなく、飛び去りながらワープして言葉の背中に接着している。そんな高速サーキットに私はとてもはいり込めずに、その震動のパルスだけを皮膚に感じて、黙って冷や酒を飲むだけだった。ほとんど六〇年代のことである。

それから土方の舞踏は見られなくなったが、あとにつづく若い舞踏手たちは何人も出た。その模様が、土方の暗黒舞踏の墨流しのようだった。

土方はと聞くと、赤坂で何軒かキャバレーの経営をして、金儲けをしているという、本当か嘘かわからぬような噂に驚いた。これはいよいよ実力戦だ。体を張って言葉も張って、あのバシバシと叩いていたミカン箱も張ってきたのかもしれない。まるで墨流しを水中から遠く眺めるようなやりくちである。だけど本当だろうか。

それが本当だと知ったのは、一九八三年になってからである。『病める舞姫』という土方のはじめての著書が出た。その出版記念会がひらかれたのだ。土方巽の公開的な催しに人々が揃うの

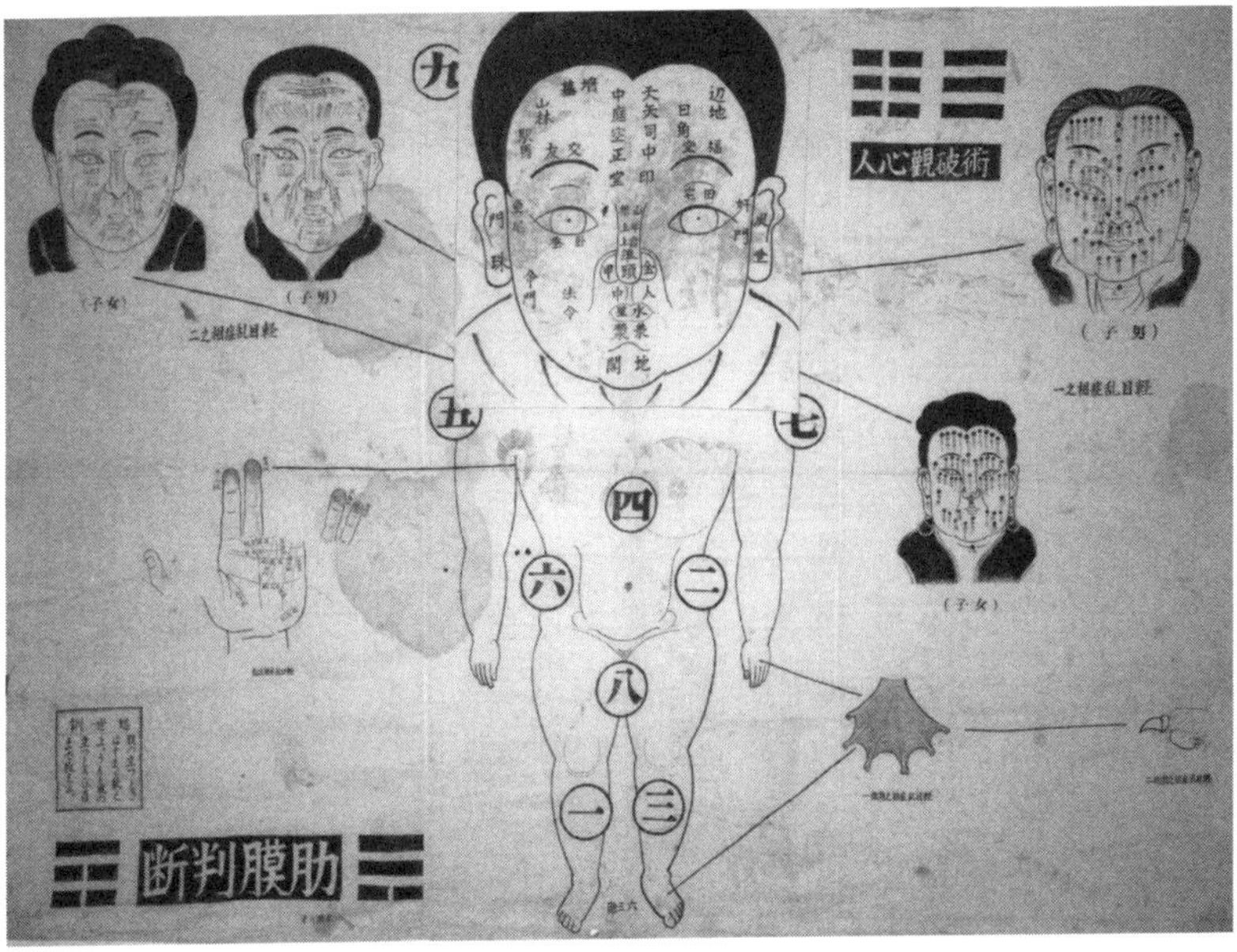

(図37) 赤瀬川原平「肋膜判断」(1965年) ——土方巽舞踏公演「バラ色ダンス」の舞台装置として制作。

は、ほとんど十年振りぐらいのことだった。人々の間を酒が流れて、場所が移り、移るごとに人数が減り、その減るときに土方さんはしきりに私を引き留めてくれた。そしてさらに酒と場所が転々としながら、いつの間にかヌードダンサーの蠢く場所を転々としているわけで、それがいずれも赤坂にある土方巽の店だったのだ。そんな中で土方さんが私の小説を微細に読んでいることを知ったのである。

私には意外だった。キャバレーでの金儲けという、嘘か本当かわからぬようなことをおこなう一方で、水面上のか弱い表現の世界を前にもまして敏感に見張っているのだ。前にもましてアンテナを張りつめているのだ。その受信機がスイッチ一つで発信機に変換する機構を内蔵していて、ただの水中生活ではないのだった。

考えてみれば、芸術を遠く離れた周回軌道については、私も同じことをしている。小説は書いているものの、かつての赤瀬川の名による芸術表現からはしだいに遠去かり、いまは創造力の遠地点、路上観察による「超芸術トマソン」に立ち至っている。一九六〇年代をもって、この世の文化的創造力の基本的なゼロ回答は出ていると思うのである。あとはそのバリエーションがはじまるわけで、土方巽の舞踏が視界から消えたのもほとんど同じころだった。土方もまたそこから芸術表現の周回軌道を遠去かりながら、いまは創造力の遠地点、キャバレーでの金儲けという、水中の重力世界に立っているのだ。

そうやって土方さんとは、やっと少し話を交わすことができたのだった。それがつい三年ほど前のことである。

「……」

コーヒーがなくなり、私たちは何かしら不安をつのらせて病院に戻った。これからどうなるのかわからなかったが、エレベーターのドアが開くと、そこがまた一段と巨大な冷蔵庫のようになっていた。見舞客がまたみんな舞い戻り、その沈黙がさらに固くひとつに統一されている。何ごとにしろ待つほかはない人々が、どうしても椅子に掛けていられず直立してしまい、いっせいに病室を見つめてしまう。病室の閉じたドアを通して、ベッドの上の薄く小さな波頭の連なりを、全身の筋肉を固めて見守っている。みんな黒い目を見開いていた。何十個という生きた黒目が一点を取り囲み、その中心にさらに黒い暗黒の蝙蝠が横たわっている。

病室のドアがゆっくりと開いて、土方巽の奥さんが進み出て来た。分厚く濡れた毛布をその全身にまとうように進み出て来て、冷蔵庫の底点に立ち止まった。

「……」

その発言は、すでに沈黙の集団が読み取っていた。

「……ただいま……十時三十四分……土方巽は……舞踏神として……」

たぶん昇天したと言ったのだろう。その舞踏神という宝石のような言葉が、少しの恥し気もなく人々の心の中に飲み込まれた。

明くる日、私はまた山道を歩いて駅へ行った。また夕方だった。すでに日は沈んで、空は赤くなっていた。人は誰も通っていない。蝙蝠のいたと思われるところを見回してみたが、何も見えずに静かだった。鳥も虫も犬もいなかった。この山道は昼間でもほんのわずかな恐怖心が結晶するのだけど、それがまるでなかった。山道の空気が変動して、私の周りに透明なゾーンを作っているようだった。何か確信のようなものが生れて、人っ子一人出合わずに山道を通り抜けた。電車を目黒駅で降りて、ゆるやかな坂道を下って上ってアスベスト館に着いたのは、もう何年振りのことになるのだろうか。

お通夜は深夜になり、終電を過ぎても酒があふれて、しばらくすると笑い声と叫び声もあふれて、私は李礼仙の車で送ってもらった。助手席から振り返る唐十郎と、土方のもつスピードの謎について遠慮ぎみに話した。

その明くる日もまた私は山道を歩いて駅へ行った。何度目かの黒いスーツが枯草をこする音がした。このときは昼間である。ここを通ればまたあの南洋の蝙蝠のことを想うわけで、春にでもなったらいちど暇を見つけて、こどもの国まで見に行こうと思った。まるで里親のような感情である。月に一回ぐらい、ひょいと行って会ってくるのもいいかもしれない。

葬儀はもうはじまっていた。アスベスト館は黒いスーツでぎっしりと埋め立てられた。それがアスベスト館の前の路上にもあふれ出ていた。言葉にしろ肉体にしろ、土方巽に染められた人々のすべてがここに集結し、アスベスト館の全体が真っ黒になっている。

線香の煙るなか、土方を悼む気持の隣り合わせに坐りながら、不思議な気持があった。このところポツポツと、ある間隔をもってつづいていた黒い点線が、ここで一度に押しつめられて黒い点の固まりとなってしまったような。

そうやって土方巽は死んでいった。すでに新聞には死亡記事が出ており、葬儀も終り、土方巽の死は既定の事実となったのである。

雑誌社から電話があって、追悼文を求められた。土方さんのいない世の中がすでにはじまっているのだ。

私もその必要に迫られながら、日にちだけが仕方もなく流れていった。必要という言葉の世界との関係が、なかなか生れてこない。

とはいえその期限にいよいよ迫られて、私はこどもの国へ行こうと思った。あの蝙蝠にもう一度会えば、とにかく書きはじめることができそうだ。それにどうせ書くなら黒い点線をたどりたいわけで、その点線の最後の一点としてあの蝙蝠を見たいのである。黒い点線をたどり歩いてこどもの国の入口に立てば、はるか遠くの鳥籠に、あの蝙蝠が黒い点になってポツンと見える、そんな情景が心に浮かんだ。

もう土方の臨終の日から一週間たっていた。春に、と思っていたこどもの国に、防寒具を着込んで尚子と二人出かけていった。家から歩いて四十分ほどの距離である。前にぶらぶらと散歩したとき、その三十分ぐらいのところまで行ったことがあった。もうそのあたりは神奈川県にはいるところで、ほとんど山の中の田舎道だ。三十分の地点を通り過ぎて、なお十分歩くとこどもの国の門があった。表示があって、動物園への入場は三時までとある。もう三時である。ちょっと慌てた。生真面目にも諦めかけたが、遠くから黒い点を見るだけでもいいと思って切符を買った。

「それに里親だしね」

と尚子と笑い合ったりした。真冬の公園には誰も来ていない。緑が抜けて素通しになったような、そんな索漠とした道を曲りくねって進んでいくと、こども動物園という看板が見えた。動物園としてはずいぶん小さい規模のものである。金網の向うに鳥の声がチュクチュクとして、鳥類が専門のようである。

柵が開いていたので押してはいると、作業着に箒を手にしたおばさんが掃除をしていた。周りには小さな檻や鳥籠があり、その向うでも一人作業員が何か片付けたりしている。私は時間が過ぎたところを無断ではいって、少し気がひけながら、

「あのう、ちょっといいですか」

と声をかけた。作業着のおばさんは箒を止めて、少しばかり怪訝な顔をしている。

「じつは去年の暮に、大きな蝙蝠をこちらに引き取ってもらって、その様子をちょっと見に来たんですけど……」

そういうと、おばさんの顔はふんわりとほころんだ。

「ああ、あの蝙蝠の方?」

「ええ、去年うちに舞い込んできて、いや裏の山道にいたんですが……」

私はそう言いながら、「蝙蝠の方」という言われ方が気に入ってしまった。おばさんの顔はしかし、ふんわりとしながらもうつむきかげんになっている。

「あの蝙蝠は可哀相に、一週間前に死んだんですよ」

「え？」

啞然とした。

「あの、大きい、南洋の蝙蝠ですよ」

「ええ、こうんなに大きい、立派な、あんな珍しいのははじめてでしたけどねえ……」

尚子も口を開いていた。まるで予期していないことだ。しかも死んだ日が……、もう一度尋ねた。

「あのう、いつですか、死んだのは」

「もう一週間くらい前なんです」

私の視線がおばさんから離れた。そのままボンヤリと虚空を伸びて、ピタリと土方のベッドに張りついた。一週間前のことである。空気が真っ白になってしまった。その白い空気が世の中の全域に走り去り、またゆっくりと、少しずつ透明に晴れていく。こういうことになっていたのだ。

別の飼育係の人も出てきて、いろいろと説明してくれた。あの蝙蝠はけっこう馴れて、はじめはリンゴなど食べていたが、それが正月を過ぎてから元気がなくなり、しまいには餌を上げても受けつけなくなり、でも傷の方は治したのだけど、と飼育係の人はそこだけ少し胸を張った。鳥の大群に襲われたときの傷である。でもやはり南洋の生きものだから、この寒さがこたえたようで、ここには動物用の暖房設備というのがないのだった。

私は家に引き留めておかなかったことを後悔した。蝙蝠を受け入れられない自分の度量のなさを後悔したのだ。でもこの出来事は、後悔を超えた事柄だとも思うのである。

約一月ほどの間蝙蝠が棲んでいたという鳥籠を見せてもらった。職員の使う建物の脇に置かれた、約一メートル四方のもので、遮光用のビニールがかけられ、それが半分めくれてからっぽだった。何もない。黒い点は消えてしまったのである。

南洋の蝙蝠、さようなら。

四十分歩くのはやめにして、電車にいくつか乗って別の方向から家に帰った。夕方を過ぎて夜になり、家では櫻子が珍しくテレビを見ていた。

「あれ、お父さんたち、どこ行ってたの?」

「こどもの国」

「え、あ、蝙蝠……」

「うん、ちょっと会いに行ったんだけど、それがね、蝙蝠は死んでた、一週間前に」

「………」

櫻子はテレビの方を向いている。

「あそこは暖房がないんだものね。やはり家で飼った方がよかったのかな」

「……………」

妙な気配に尚子を見ると、シッ、という感じで唇に人差指を立てている。その人差指がこんどは横になって、櫻子の方をツンツンと差している。見ると櫻子の目が細くなって、頬が真っ赤になっている。その赤いふくらみの頂点にまでダムの水が盛り上がり、あふれそうになって揺れている。

私は黙って背を向けた。さからうまいと思った。櫻子はアスベスト館の出来事は何も知らない。それでも水圧は押し上げられて、櫻子の悲しみはこどもの国にあふれているのだ。

私は仕事をしなければならない。その必要に迫られている。この黒い点線を一つずつ書きしるしていくのだけど、小説にならないように気をつけようと思った。偶然の光というのは、小説になると消えてしまう。それは人間の創造力の外側にあって光っているのだ。

暗黒舞踏の墨流しの模様に交差して、土方の不思議な黒い点線が残されている。それをとにかく拾い取ろうと思う。その先は鳥籠のからっぽの中に消えているが、その過程はこの世に焼きつけられて満ちている。私はいくつもの暗合のネットワークに包まれながら、ゆっくり動いて、二階へ上がっていった。

珍獣を見た人

家人が珍獣を見たという。

家人とは妻のことだ。

昔、ある文豪の随筆を読んでいたら、この家人という言い方が出ていた。

はじめは誰のことだろうと思った。

昔はちょっと余裕のある家だと、小僧や、女中や、書生や、爺や婆やといった、いろいろと家事をこなす人がいた。

そのどれかなのかと思ったりしたが、結局は妻のことらしい。

たしかに文中で妻といった場合、ある種の生々しさがある。

その生々しさを引き連れて文を進めるのが、ちょっとわずらわしい。

それを家人というと、少々ピントが柔らかくなり、ぼんやりとしたシルエットになって、話を進めるのにちょうど具合がよかったのだろう。

そんなことが薄々と感じられて、自分もときどきこの家人という言葉を、文中で使ったりする。

ちょっと古風な感じを出したいということもある。

古風な感じを出して、少し風格をもたせたい、ということもあるのかもしれない。

そんな家人が、ふと、珍獣を見たという。

見たと、慌てていうのではなくて、どうも前から気にかかっていたので、何気なく言っておこう、という感じで呟いたのだ。

この辺りは都心を離れて、少しばかり地面がでこぼことしてくるところだ。

多摩の丘陵地帯につながるような、そのまま進むと山間部に入るという、もちろんそのはるか手前のところだが、とにかくあちこちに坂道が多い。

わが家も崖下にあり、玄関は二階になっている。

その玄関の前の道は、昔なら尾根道ということになる。

その尾根道沿いに家が並び、そのほとんどが玄関は二階で、そこから階段を降りて、一階の住居という具合らしい。

よその家に入ったことはないのだが、地形はそのようになっている。

そして一階に降りると、目の前にはちょっとした庭があるが、その庭もすぐ先が斜面となって、さらに下につながっていく。

下には草ぼうぼうの空き地が広がる。

国有地だという。

道が全部塞がっているので、不動産業者も手が出せないらしい。

なだらかな斜面の草原で、たまに自生した芭蕉の大きな葉っぱが揺れている。

近所はだいたいがそういうふうだ。

庭の斜面はそのままでは使いものにならず、わが家では地固めに小熊笹を植えている。

少しばかりの庭木もあって、よく鳥が来ている。

野鳥の趣味があればずいぶん楽しめるのだろうが、残念ながら、ただ鳥だと思うだけで、嫌いではないが、その先深入りできない。

わが家にニナという雌犬がいたころ、散歩のあとは庭に繋いで、ニナは一日の大半をそこで暮していた。

庭に張り出したデッキの陰のところに、自分で土を掘って、その窪みでいつもまどろんでいた。

人間は自分の居住地を大金を出して買うわけだから、隣家の敷地との境界には敏感で、いつもどこかで意識している。

高い柵までは設けないにしても、ちょっとした段差や、生垣などで領分を知り、その先はいつも踏み越えないようにしている。

でも犬にはそれがわからない。

いちど紐を離れたニナが、隣の庭に逃げ込んで、困ったことがあった。

ニナには隣地との境などわからずに、ただこの植物の茂った斜面の地形があるだけだ。

とはいえわざと隣の庭に入って、こちらを誘うように見ている。

わが家の人間が、その区分には入り込めないことを、うすうす知っているのだ。

知った上で挑発している。

遊びたいのだ。

でもそれは困る。

こちらは人間だ。

社会人だ。

そのときはどう解決したのか忘れたが、もうそのニナは十五年の生涯を終えて、死んだ。

うちにはミヨという猫もいたが、その猫も十七年の生涯を終えて、死んだ。

クリという雄猫もその前にいたのだが、クリの生涯は十五年だった。

そしていまは人間が二人。

その一人がこの文を書いていて、もう一人の家人が、珍獣を見たというのだ。

珍獣を見た……。

家人は何をいいたいのだろう。

その前に、ふと思った。

ここまで書いてみて、家人という言い方には、あまり人格をもたせてはいけないらしい。

家人にピントが合ってくると、シルエット像が壊れる。

シルエットの意味がなくなる。

ここからはむしろ妻の方がいいのだろう。

妻が珍獣を見たという。

よその猫とか、よその犬とかではない。

猫や犬も、人間の宅地の区分などはわからないから、よく紛れ込む。

犬は昔のような放し飼いはなくなったので、まず来ないが、猫はときどき、じんわりと庭を横切っていく。

人間の宅地問題はわからないにしても、縄張り意識はあるので、住んでいる人間をじろりと見て通り過ぎる。

だいたいはなじみの猫だが、ときどきはじめて見る猫が、じっと、立ち止ってこちらを見て、やおら通り過ぎる。

珍獣というのは、そういうはじめての、珍しい猫の見間違いじゃないのかと訊くと、ぜんぜん違うという。

猫なんかじゃなくて、むしろ人間みたいだったという。

え、人間？

それはえらいことだ。

いや、人間ではないだろうけど、ケモノじゃなくて、ずいぶん小さい。

こびとかな？

いや、わかんないけど、裸なの。

裸？

裸で、二本足で立って、じっと振り返られた。

……。

アクマかと思った。

アクマ？

うん、アクマがそんなところにいるわけないけど、とにかくふつうの生きものじゃなかったの。

どうもわからない。

妻はいい張るというタイプではないから、それ以上はあまりいわない。

それにしてもアクマは困る。

でもその感じはわかる。

それより、裸というのがいちばん引っ掛かる。

とはいえ話としては、そこまでだ。

いってもしょうがないことは、何もいわない。

前にスプーン曲げのK君を取材したことがある。

スプーン曲げは不思議な現象だが、どうも世の中にはそういう特異現象が、まったくないわけではないらしい。

でもそれを丸ごと信じるわけにはいかないし、といって頭から否定はできない。

人にわからないことは、山ほどある。

とにかくその特異能力を、目の前で見られるわけだから、わが家のスプーンも持って行った。

この先証拠として、自分の手許に置いておきたい。

場所は中華料理店。

それも個室ではなく、ずいぶんざわついた席だった。

でもK君は意に介さず、料理を大皿から取り分けるときの大型スプーン、幅広のやつ、あれを最初から手にして、いろいろ話してくれた。

そして最後はそのスプーンだけに集中し、しまいには曲げ切って、ぽろりと落ちた。

別れ際、うちのスプーンもお願い、というと、ちらと見て、しょうがないというふうに、軽く手にして、ちょっとだけ曲げた。

よくテレビで見るあの通りのことで、目の前で見て、何かわかったかというと、何もわからない。

取材が終って家に帰り、机の上の筆差しにそのスプーンを差しておいた。

ときどき手にして眺めるが、何もわからない。

もう一本新品のスプーンも実験用に差してあって、ときどき手にして自己流に念じてみるが、何の変化も起らない。

ところがある日、仕事の合い間にまたそのスプーンを手にして、さてと思ってよく見たら、スプーンの細い首のところがほんの少し変化している。

ほんのわずか、ぎくぎくと、二段階だけ曲がっている。

変だな。

自己流で何度かやっていたのが少しずつ積み重なって、少しだけ曲がったのだろうか。

でも違うだろう。

スプーン曲げというのは、そういうものではないだろう。

ひょっとして留守中に、妻が手にしたのか。

K君に会ったことの顚末は、帰ってから妻にも話した。

妻には名前がある。

妻の名はN子だ。

N子もスプーン曲げを言下に否定するタイプではない。

といって、それに夢中になってのめり込む、というタイプでもない。
ただ、ふーん、といって聞いている。
乱雑なところはあるけれど、自転車や扇風機が壊れても、いつの間にか直してしまう。
おしゃべりが嫌いというわけではないが、直しても黙っているタイプだ。
あのさ、俺の机の上のスプーン、なんだかちょっと曲がってるけど、N子がやったの？
と訊いてみた。
別に。
とN子は何故かそらそうとしている。
でもちょっと、首のところがきくんと曲がってるんだよ。
そう？
俺はぜんぜん曲がんないけど、N子はどんなふうにしたの？
ううん、ちょっと触っただけよ。
……。
怪しい。
ちゃんといえばいいのに、いわない。
まあしかし、スプーン曲げというのはそういうものだ。
風が吹いてきた。

問題は珍獣である。

珍獣が裸とは、どういうことだろう。

動物はみんな裸だ。

服を着ているのは人間だけだ。

人間は服を着ているから、脱ぐと裸があらわれる。

動物は脱げないから、裸というものがない。

だって、裸なのよ。

とN子はいう。

たしかに、いわれると、珍獣が裸だったという、その感じはハッとする。

動物なのに、裸で、立ち止って振り返り、じっとこちらを見たとなると、それはやはり珍獣だな。

でもこびとみたい、というのは何だろう。

とにかくうちの庭を横切ったのだ。

そのときはN子も気づかなかったが、隣の庭で立ち止ったところで、見てしまった。

珍獣もみられたことに気がついた。

振り返ってN子をじっと見てから、ゆっくり坂を下って見えなくなった。

やはりいちばん引っ掛かるのは裸だ。

珍獣が、裸とは。

そもそも人間は、何故裸なのか。

というより、人間の表面には何故毛が生えていないのか。

産毛は生えているが、柔肌をガードする剛毛が生えていない。

猿もライオンも犬も猫も、動物はみんな毛が生えている。

象や河馬には毛が生えていないが、その代り外皮が岩のように硬い。

魚には毛が生えていなくてつるつるだけど、魚は常時水を着ている。

ミミズにも毛が生えていないが、ミミズは常時土を着ている。

だからまれに土を脱いで地表に出てきたミミズは、素っ裸に見える。

その状態が気まずいからか、ミミズは裸になったとたんに身悶えしている。

でもそれはまれな姿で、放っておけばミミズはまた全身土の中に潜り込む。

動物はみなそういうふうだが、人間だけは、水も土も着ていないのに、裸で、やむなく自作の服を着ている。

裸では困るので衣服を作ったのか、それとも衣服があるのでだんだん毛が脱け落ちて裸になっていったのかは、わからない。

どちらにしても何故わざわざそんなことになっていったのかは、わからない。

とにかく人間は裸になっているわけだけど、ただ頭と陰部にだけは毛が生えている。

これもおかしな謎だ。

ふつうに考えてみて、これは滑稽な姿ではないだろうか。

たとえばミミズの頭と陰部にだけ、毛が生えていたら、どうだろう。

あるいは魚の頭と陰部に……。

でも動物たちはそのようにはなっていない。

人間だけがそうなっている。

じつは人間こそが珍獣なのだ。

でもそれをいったら、おしまいだな。

人間はいまの姿を常態とした上で、服を着たり、髪を解かしたりしている。

だからふつうの人間が、ただ裸で歩いていても、それは珍獣でもなんでもない。

警察ではそれを、ただの痴漢に分類している。

目撃者は、キャッ、といっておしまいである。

話はそうじゃない。

この辺り、市街地とはいえ木の繁みはまだある方だ。

珍獣は木の繁みに隠れて、古くから棲息している、ということは、まったく考えられないことではない。

昔から来ていたのかもしれない。

昼間は太陽の光と人間の目が光るが、夜はだいたいが眠っている。

都心部ではとても無理だろうが、この辺りではまったく不可能なことでは、ないかもしれない。

近くには二つの大学が、それぞれ離れて広い敷地を占めている。

二つとも、構内にはかなり奥深い林がある。

しかもその一つは薬科大学だから、木の繁みをことさら維持しているのが察せられる。

珍獣はそういう人目の届かない奥の繁みに潜む。

そして移動するのは人目のない闇夜。

ということさえ生活作法となっていれば、棲息は可能かもしれない。

あり得ないことではないだろう。

この世のもののすべてを、人間の目が見届けているわけではない。

でも生活圏の限られた人間は、だいたいのものは見極めたつもりでいる。

人間に限らず、生きものはみなそうなのかもしれない。

そして月日がたって、人間の生活圏は、年々広がってきた。

この近くでも、最近は住宅が増えた。

草ぼうぼうの空地が人知れずあったものだが、気がつくとそこに家が建っている。

長年どこかの建設会社の資材置場みたいになっていたところが、いつの間にか整地されて、家が建っている。

碁盤の上の碁石が、隙間なくぎっしり詰まってきた感じだ。

妻が珍獣を見てから、もうずいぶんたった。

自分も見たい、と思ってはいたが、見ずじまいだった。

いまはもう無理だろう。

珍獣が本当の特異現象で、別の位相空間からふいとあらわれ、ふいと消える、いわば幽霊みたいなものであれば、いつまた出てきてもおかしくはない。

でもそうではないらしい。

妻が見たという珍獣には、もっと実感が、何か卑近な感触があるのだ。

アクマという印象のところは、別世界からの漏洩という感じもあるが、裸で立って振り返ったという姿には、何か地つづきのものを感じる。

人間、自分一人で見たものを、証明するのは難しい。

それはUFOをめぐる目撃談にさんざんあらわれている。

見たことの証明が難しいから、逆にそのあいまいさを伝いながら、錯覚や思い違いが増殖している。

でもそう思っていた自分が、珍獣を見た。

珍獣は窓ガラス越しに、突然見えた。

うちの一階は崖下にあって、見晴しはいい。

大きな窓の外にはわずかな平地の庭があって、日当りがいい。

珍獣はそこで日差しを浴びている。

突然見てしまった自分は、思わず後ずさりをし、手は何かを探していた。

突然犯人にナイフを向けられて、硬直して後ずさりしながら、両手はそっと机の上の拳銃を探している。

拳銃ではなく、カメラだ。

相手に気づかれないように、手にするとそっとファインダーをのぞいて、シャッターを切った。

まさか撮れるとは思わなかった。（図38）

やはりこびとだ。

話の通り、裸だ。

でも全裸という感じが薄いのは、皮膚が少しごわごわしているからか。

ミミズのような、赤裸々な感じを思い浮かべていたが、表面が全体に角質化している。

顔近辺にだけうっすらと毛があり、ときどき足を上げて体を搔いている。

その素振りは、犬や猫がよくする動作に似ている。

日当りのいいその場所が気持いいのか、珍獣はずいぶんくつろいでいる。

たっぷりと見る時間を与えられて、こちらは考えてしまった。

顔近辺にだけ少し毛がある。

(図38) 赤瀬川原平＝写真「珍獣」(2006年) ——これは赤瀬川と尚子の二人が目撃したもの。尚子だけが目撃した「珍獣」は撮影されていない。

その毛を延長して考えると、ひょっとして狸みたいなものではないのか。

何かの病気で、全身の毛が抜けたのではないだろうか。

くつろいでいた珍獣は、そう長居はできないと思ったのか、庭の斜面をゆっくり降りて消えていった。

これまでにも何度かそこにあらわれていたのかもしれない。

でも人間が窓の外を見る時間なんて、一日二十四時間のうちの一パーセントもあるだろうか。

人の目に触れないものは、世の中にたくさんあるのだろう。

N子にそのことを話すと、少し安心した様子だった。

でも印象はずいぶん違うようだ。

N子が見たのは全身が細くて機敏で、もっと黒っぽくて、耳だけがぴんと立って、じろりと振り返る。

瞬間にアクマだと思ったそうだ。

たしかに自分が見たのとはちょっと違う。

自分のは、足を上げて掻いたりして、アクマというより、むしろ可愛い。

違うのだろうか。

別のものを見たのだろうか。

考えたらN子が最初に見たときから、数年がたっていた。

その間、珍獣にも変化があったのかもしれない。

その後もう一度珍獣を見た。

やはりガラスの向うだ。

珍獣は顔近辺の毛がかなり生え揃い、その容貌はやはり狸だ。

考えたら猫の顔だって、毛が生えていてこそあの丸っこい猫の顔だ。

いちど入浴させたことがあるが、毛がぺったりと寝てしまった結果、あの猫のアウトラインが完全に消えた。

いま思うと、あれがアクマなのかもしれない。

珍獣は顔に続いて肩の辺りの毛が生えてきていて、それがまるで雄ライオンのたてがみみたいだ。

それでいて肩から下は裸だから、正に珍獣である。

しかもこんどは珍獣に連れがいた。

番《つが》いということらしく、そうなるとますます世帯じみてくる。

二体揃って日差しを浴びて、二体とも足を上げて、しきりに体を掻いている。

その動作が、珍獣なのに可愛い。

後に動物医に聞いた話では、おそらく疥癬にかかったのだろうという。

油断すると人間にも伝染《うつ》る。

いったん伝染るとやはりやっかいなことになるので、絶対に触れないようにといわれた。

ニナはもうあの世なので、伝染る心配はない。

それに、ニナがいなくなったから、珍獣は庭を通りはじめた、ということかもしれない。

ニナのことは別にしても、この近辺の碁盤の上の碁石は、ますますぎっしり積み上がってきた。

二つの大学の森はまだ健在だとしても、その間をつなぐ住宅地の緑は、珍獣のライフラインではなくなっている。

その後はうちの来客数人で話しているとき、全員で目撃した。

何あれ？

当然はじめての人は驚く。

ガラス越しとはいえ大勢が窓辺に寄ると、珍獣も気配を察して、そそくさと庭の斜面を降りていった。

それが最後で、珍獣は見えなくなった。

それから夏が過ぎ、秋が過ぎた。

庭には朴《ほお》の木が、デッキを貫いて立っている。

朴の葉は、天狗の団扇みたいに大きい。

秋になると、それがばさばさと枯れ落ちてくる。

風を受けやすいので、冬が近づくと鴉のように舞い上がる。

あまりにも目に余る場合には、拾い集めて袋に入れるが、うちはそんなにきっちり掃除はしない方だ。

いずれにしろ秋はいろんな樹が枯葉を撒き散らし、それが庭の隅や、建物の隙間や、物置の裏側などに入り込む。

冬に入り、湿度がぐんと落ちてくると、枯葉がさらに硬質になり、カサカサという音も切り立ってくる。

夜、風呂に入り、上ろうと体を拭いているとき、外に動物の気配がした。

隅の枯葉を掻き分けて、何か探している。

カサ……、

……、
カサカサ……、
猫や犬が、ゴミを掻き分けながら、何か探す、あのリズムだ。

気のせいだ、と思って風呂を上ったが、また別の日、同じ音で気配を感じる。

珍獣が頭に浮かんだ。

冬の珍獣が、いまも夜の通り道で、何か食べ物を漁っているのだろうか。

風呂は珍獣の通っていた庭とは違い、家の北側にある。

外の地面には砂利を敷いてあるから、草は生えない。

でも枯葉は容赦なく撒き散らされて、ボイラーやエアコンの室外機の裏側などに、どうしても潜り込む。

たまに掃除をするとき、箒の先を入れて掻き出すが、どうしても奥の方に堆積する。

その中に、何か、動物の糧になるものでも潜り込んでいるのか。

夜、風呂から上るとき、

カサ……、

……、

カサカサ……、

カサ……、

と聞こえてくるのだ。

珍獣は、しばらく見ていない。

まだ生存しているにしても、このルートはもう放棄したものと思っていた。

でもあの庭の日溜りが気に入っていたようなので、この家なら、何かあると、希望を与えていたのだろうか。

でもふつうに考えて、夜、そんなにいつも同じ場所を漁りにくるのは、おかしい。

ひょっとして、向いの人だろうか。

道路の向いには小さな工務店があり、その敷地にある桜の大木が、道路に大きくせり出している。
満開時には、じつにしあわせな気分になるが、秋になると毎日枯葉を降らせる。
でもゴミと違って枯葉は風情だから、と思っているが、向いでは気にしている。
二代目の若社長だけど、毎朝率先して枯葉を掃いている。
はじめは気がつかなかったが、朝早く、生ゴミの袋を出すとき見てしまった。
工務店からはだいぶ離れた、うちの玄関の前まで掃いているので、申し訳なくなった。
勤労奉仕、という言葉を思い出した。
枯葉は道路を越えて、うちの庭にも降ってきている。
若社長はそれを気にして、夜、庭の室外機の裏に溜ったものを、箒で掻き出しているのだろうか。
まさかと思うが、
カサ……、
……、
カサカサ……、
カサ……、
というリズムが、人が箒で掃く音にもぴたりと重なる。
まさかとは思うが、生きものが何か作業しているリズムだ。

風のまったくない夜でも、その音が聞こえる。
いつも風呂から上り、体を拭いているときだ。
カサ……、
……、
カサカサ……、
カサ……、
どうもこの音、何かに同調している。
浴槽から上り、絞ったタオルで体を拭いていると、いつもその音に包まれる。
もしかしてこのリズム、水面の揺れに引きずられていないか。
人間一人の体が出ると、浴槽の湯水はしばらく揺れる。
うちの浴槽には、ある珍品屋さんで買った風呂栓を使っている。
水底の栓から伸びる鎖が、水面の浮きに繋がっている。
浮きはピンクのプラスチック製で、ぷっくり丸いマンガ的人体になっている。
顔を顰《しか》めて歯ぎしりしている。
たしかフランス製で、シュイサイドという名がついていた。
入水失敗。
その浮きが水面で揺れている。

当然それに繋がれた鎖が、水中を上下する。

それにつれて、浴槽の底に接する鎖の位置が、上がったり下がったりするのだろう。

…………………………………………………………。

一瞬止めていたタオルで、また湯上りの体を拭いた。

カサカサという音は、よくよく見ると、浴槽のお湯の揺れにちゃんとフィットしている。

そうか。

そういうことだったのか。

音の主がわかると、枯葉を掃いていた若社長は、外から消えていった。

珍獣も、その後は見ていない。

終章　偶然の海に浮く反偶然の固まり

この間、森毅さんと対談をした。

その中で、偶然とは何かをめぐって話しているときに、森毅さんの口から、

「反偶然……」

という言葉が漏れたので、

（お……）

と思った。

思いもかけぬ概念なので、あれあれと慌てながら「反偶然」という言葉が学問の世界にはあるのかと尋ねてみると、ないと言う。いまたまたま口をついて出たのだという。

思ったことが口をついて出る学者は凄いと思った。

ふつう学者の言葉というと、間違いのない確かなものばかり、と思うではないか。学者の世界でいいかげんなことを言うと、村八分にあって、身ぐるみ剝がれて、恩給もなくなり、背中に焼印を押されて、店の外に抛り出される、とまではいわないが、そういう厳しいソ連のような空気室を連想してしまうのは私一人ではあるまい。

それはともかく、私は不思議大好き的な自分の性格を否定はしないが、偶然とは何であるかとこのところずうっと頭にあったので、森毅さんに、

「反偶然」

と言われた言葉がピーンと響いてしまったのだ。

つまり森毅さんによると、しかしいちいち実名を記すのは生々しいのでM氏にしよう。M氏によると、偶然を特異現象と受取るのは人間の勝手であって、自然はむしろ偶然で満たされている。で、人間のもっている秩序志向のようなものが、その秩序の外の出来事を偶然として意識する。やや私の変形解釈があるかもしれぬが、そのような話の筋道での人間の社会を語る中で、

「反偶然」

という言葉が漏れたのであった。

何だかクルッと自分のまぶたを裏返されたみたいで、脳ミソがまた新鮮になった気持である。

偶然がはなはだ人間的なもの、人間的な現象、というか、人間に関わる定義だということは、

どうもそうらしいと考えてはいた。

偶然日記など記していて感じるのは、自分が偶然とする項目にやたらと人間的な事柄が多いこと。たとえば思いがけぬ場所で小学校の同級生に会ったとか、あるいは朝のホームで目の前の人が貧血で倒れ、夕方のホームでまた目の前の人が貧血で倒れたとか、これらは偶然の出合い、偶然の重なりではあるのだけど、いずれも人間的項目というか、あえていうと私小説的な事柄である。その人の内面によってはじめて識別できる、その内面がなければ定義できないというか、定量化できないというか、観察というよりも感受性とか表現とかに関わってきそうな事柄である。

だから偶然について科学しようとしても、こりゃしようがないかもしれない、と考えていたのだ。しかしM氏の漏らした「反偶然」という言葉のもたらすところを見ていくと、もう一回り大きな構造が透けて見えるようなのである。

私小説的でない事柄でいうと、飛行機事故の偏りがある。これは私的なことではなく皆さんのことだ。最近ますます顕著なことで、旅客機運行が恒常化してその歴史を積み重ねるにつれて、飛行機事故がある一時期に偏って発生する現象をますます見せつけられている。

そうすると、これは何故だろうかと考える。事故そのものは人為的に起こるものがあるとはいえ偶然にもそこにあらわれるのであり、それがある一時期に重なる第二の偶然は何か、それを偏らせる何らかの未知の力が働いているのだろうか、と無気味的に考えるところから、ほんのりと神秘思想への接近がはじまる。運命論が徐々に近づいてきたりする。

しかしそれは、人間の秩序志向がもたらすものらしいのである。M氏によると、飛行機事故は偏るのがふつうなのだ。ものごとはすべて偏ることを常態としており、まんべんなく散らばるのはむしろ特異なことだ。しかし人間は、物事は平均的に散らばるものと考えている。考えたがる。目に虫がはいる、それは偶然である、一度はいったらもうしばらくははいらない、そう思いたがる。

ところがたてつづけにはいるのだ。事実、私自身なぜかその偏りに遭遇し、あまりにも腹が立ったので「虫の墓場」という小説を書いたほどだが、M氏に言わせるとそれがふつうなのだ。

つまり人間は常に人間の都合のいい思考世界をつくろうとしている。だから人間の秩序を外れる現象を偶然と定義づけて、自分たちの反偶然の世界を固めている。しかし自然には偶然が満ちている。その自然界と人間界の境界を漏れる現象の一滴一滴に、人間の感受性がほのかに震えて、神秘や運命をそこにふくらませていく。

何だか幽霊の関係を思い出した。幽霊はこの世にいないわけではないと思うが、ちゃんといるわけでもない。というか、幽霊だけではこの世に存在できないけれど、幽霊を見る感受性の持主さえいれば、そこにあらわれてくる。

何だかトマソンの関係を思い出した。トマソンは見る人がいないとこの世に存在しないわけだけれど、トマソンを見る感受性がそこに発生すれば、トマソンもその実態をあらわしてくる。ちゃんといるわけでもなかったものが、事実として路上にあらわれてくる。

というよりこれは、認識の根本である。
見るもの（人間）がいなければ、この宇宙は存在しない。
という言葉があるわけで、まあしかしそこまでいってしまっては元も子もない。いや、味もそっけもない。というか、おしまいであるというか、私はこの言葉は怪しいものだと思う。この尺度をもっとつづめると、私個人が死ねばこの世は存在しないということにもなるが、こういう論議は面白くない。それに人間は、社会のために自分から犠牲になって死ぬことも、まれにではあるがあるのだ。これを宇宙大に復原して考えれば、人間がいなくても宇宙は存在することになるであろう。

さてそんなことより、偶然とは何なのだろう。

といって、いまのところは状況証拠を提出するしかないのであるが。

偶然というのは人間社会が基本的に排除しようとしているものだが、たとえば芸術表現の世界などでは、むしろ積極的に偶然を迎え入れようとしている。もちろん芸術業界のすべてではなく、芸術表現の保守的部分ではやはり偶然を排除し、反偶然で統御された世界を築こうと努力している。しかし芸術表現の先端開拓的部分では、大いに偶然を導入して未知の世界を垣間見ようと努力しているわけだ。

考えてみて、これは芸術の分野に限らず、企業や政治の分野でも同じことがいえる。体制の中心に近く位置する企業や政党などは、やはり偶然を排除して反偶然の世界を維持しようとしているが、体制の末端に位置するベンチャー企業やベンチャー政党（？）などは、ダメでもともと的な感覚からか、偶然をむしろ待ち構えているふしがある。偶然をむしろ秩序の突破口として利用しようとのコンタンである。

なるほど。これは生命の進化発展の雛型であるといま気がついた。生命体というのが偶然の充満する海の中でわずかに固型した反偶然の秩序体であるとすれば、それが一方では何ごとかの偶然をきっかけに何らかの変化をしようと待ち構えてもいる。

というふうに考えると、偶然というのはエントロピー増大の法則に沿って考えるものごとであると、いまやっと私にもわかったのである。

前に偶然波というようなことを考えていた。飛行機事故の偏りに周期があれば、世の中にはある法則をもつ偶然波が走っていることになる。

それとはまた違って、偶然波は、あるいは偏りの波といってもいいが、ミクロからマクロへの縦方向に走っているわけである。物質というのはある一地点への粒子の偏りのことであるが、その物質をさらに俯瞰するというか、大数的な状態で眺めると、粒子の偏りである物質が他にもたくさんあって、物質はまんべんなく散らばっている。一人の人体がまた多数の粒子の偏りで出来ているわけだが、その状態を俯瞰すると、そんな人体が地上にまんべんなく散らばり、うんざりするほどたくさんの人生があるわけである。

私たちにとってこの地球は得がたいもので、物質が集まってこのような天体を成すのは大変な

偏りであると思うが、しかしこれを俯瞰するとほかにも水金地火木土天海冥プラスアルファーの天体が散在している。

　そんなわけで、そのいくつもの天体が一箇所に偏って惑星系を作り、そんな恒星が宇宙空間には一様に散在している。その恒星もギャラクシー（小宇宙）として一箇所に偏り、そのギャラクシーが一様に散在している。それがまたギャラクシー団として偏り、とにかくそうやって偏りの波は、小数世界から大数世界への縦方向を貫いて走っているわけである。

　むしろ偏りの波は、その方向に安定して存在している。私たちもそれを奇異には思わない。それが同じレベルを横に走ると、偶然として奇異に感じてしまうということだろうか。

　とにかくふつうの生活時間で偶然の出来事に遭遇すると、

（あれ？）

と何ごとかを感じてしまうのは事実である。それが何ごとであるかわからぬときはいいのであるが、何ごとかわかるときがあるのだ。わかる気になるというか。

　私の場合でいうと人の死に関わりながらあらわれる偶然であ

る。これは他でも書いたが、石子順造とテントウ虫、土方巽と大蝙蝠、母と玄関の鍵、などの出来事がかなり明解な例としてある。いずれもふだん見かけない現象がそれぞれの死に関わって私の前にあらわれてきた。これはやはり遭遇者としてはそこに不思議を感じざるを得ないわけで、私はそれを死者からのメッセージと受けとめていた。この世の偶然の出来事を介しての、あの世からのメッセージ、と思うと納得がいく。メッセージの内容はというと、それはわからないが、とりあえずは挨拶のようなものだろうと思うのである。

M氏によると、それはメッセージかもしれないが、特定の死者、あるいは霊というか、とにかく特定のものからの発信というわけではないだろうというのである。

方向性を考えるなら、あの世界からこの世界へということはあるだろう。だけどそれは発信する側よりも受信する側の問題で、ある偶然をこちらがメッセージとして受け取ったときに、その偶然はあちらからのメッセージとなる、というようなことである。思い込み、というのに似てはいるが、それとは微妙に異なる。常に何ごとかを受信する用意のある心的世界があって、そこでの小さな突起をメッセージとして受け取ったときに、その突起の裏側の世界を知覚する。というようなことなのだろう。

自然は偶然で満たされている、というのと重なるが、自然は霊で満たされているのかもしれない。

話は違うが、零と霊は同じレイで似ているので、むかし自分で作った零円札を「霊円札」など

と自己パロディしたことがある。その援用で、

「自然は零で満たされている」

というと、これは当たり前のようで、しかし零の力が具体的に感じられるようで面白い。

零魂、などと書くと、かえって感じが出たりするのである。

ゼロ発信、という言葉があるが、零発信と書くと何か虚無思想のダイナミズムのようなものが感じられ、霊発信と書くとむしろ積極的にさえなってくる。

「四、三、二、一、霊、スタート」

なんてなかなかいいリズムだが、それは「……零、スタート」の解説にもなっていると思うのである。

自然は零で満たされている。人間はその零を排除しながら、反零であるところの一や二や三といったもので秩序を作り、世の中を固めている。

カメラでも最近このタイプが出てきた。フルオートカメラで、フィルムを装塡すると、あらかじめ全部巻き上げてしまう。そうしておいて、一コマずつ巻き戻しながら撮影していく。

ふつうはもちろんフィルムを入れると、一コマずつ巻き上げながら撮影し、最後までいってから全部巻き戻してフィルムを取り出す。その逆を何故あえてやっているかというと、撮影途中のミスで裏蓋を開けてしまったときに、撮影したフィルムの安全が守られるというのである。つまり未撮影の無形のフィルムは感光して犠牲にしても、有形の映像は守るという方式である。

最近私の偶然日記は項目がじつに少ない。ほとんどつけていない。何も偶然に出合わないのだ。私の目が節穴なのかもしれない。ピュンピュンと私の前を横切っていく偶然波を観察できずに、見過ごしているのかもしれない。

私の場合ただ感じ取った偶然だけを記しているが、そうするとせいぜいが、偶然誰かに会ったというぐらいのことで、寂しいかぎりだ。ほかのこともなくはないが、偶然のキレが悪くて、とくに記すほどのことでもないと思って過ぎ去っていく。

自分の生活はそれほど秩序立ったものではないと思うが。いや、だからこそ偶然が見えないのかもしれませんね。いくつかの小さな突起を現象としてつなぐことができないでいるのかもしれない。

この間自分の速記録に目を通しながら、まるで無秩序な話し方だと我ながら驚いた。岩波書店の市民セミナーで私小説論の講義をして、それをまとめて本にするのである。講義といっても私の話は語尾ははっきりしないし、言葉は断定できずにくねくね回るし、とりとめのないものであることは自分でも知ってあきらめている。しかし今回はフル起こしであることもあって、そのいいかげんさに呆れた。

いや私はもちろん真面目にしゃべっているのではあるが、変に気を使いすぎるあまり、何か言おうとすることに先回りしてその補足の方を先にしゃべったりしていて、それのまた補足に補足で、ほとんど無系列に言葉が並ぶ感じで、かんじんのことは何も言っていなかったりする。聞いていた人には申し訳ないくらいだ。

しかし弁解ではないが、その場での話というのは案外と通じているものなのである。身振りや目付きや、声の押しなどで、形成しきれない言葉を通じさせてしまっている。とはいえその言葉だけの記録を見ると、何と無秩序であるかと驚くのである。

自然は偶然で満たされている、というときに、この速記録をモデルとして思い浮かべたりするのである。私の頭は話そうとすることで満たされているのだけど、口をついて出る言語体系の方がいっこうに確立されない。だから話は出来上がらず、私の頭は自然のままだ。だからこの世の中ではいっこうに役立たずである。

まあしかし考えてみれば、これは口をついて出る言葉への優柔不断というだけのことで、余談であった。

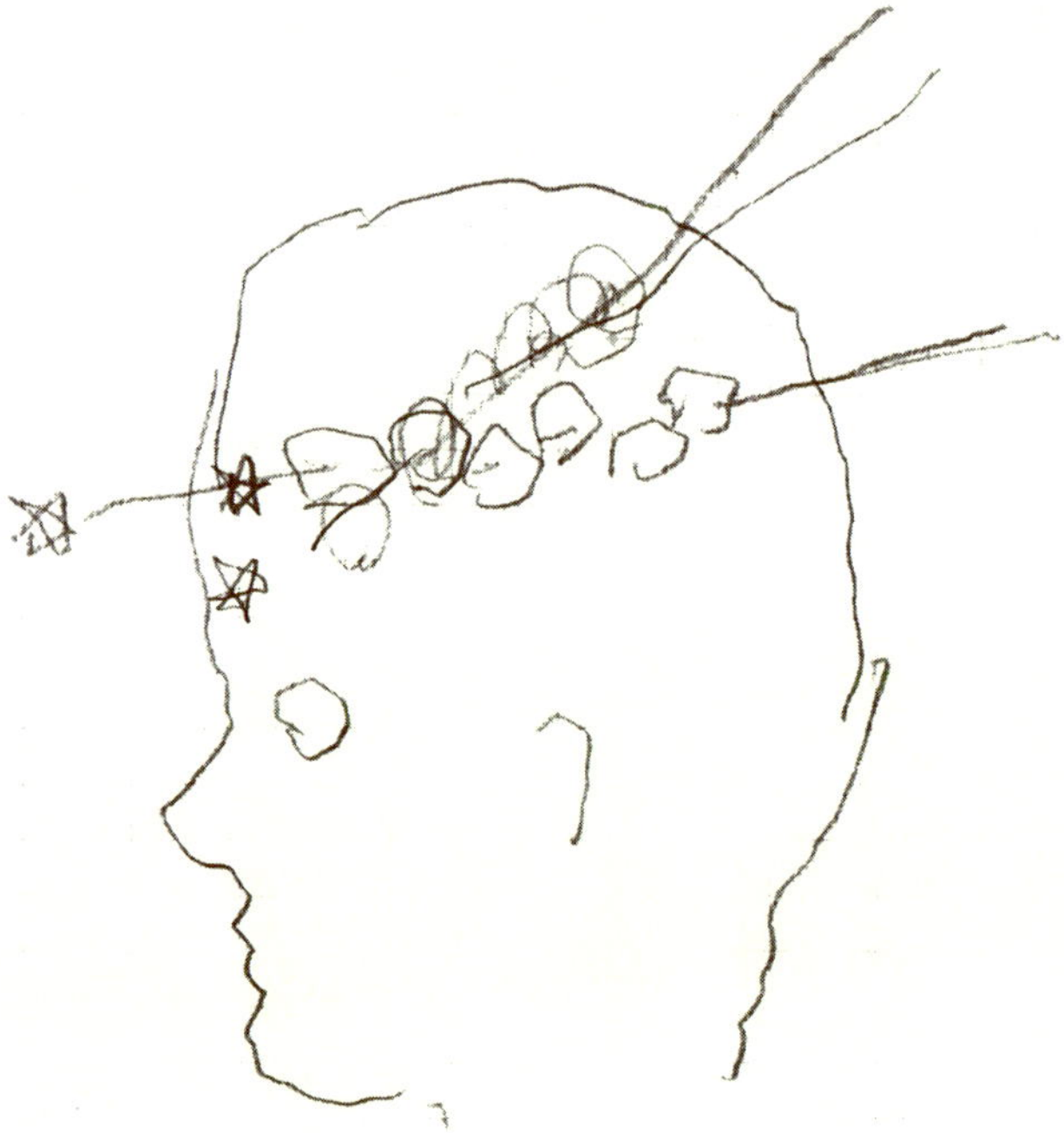

手帖に描かれていた絵
本扉にある俳句も日記帳の余白に書かれていたもの。

あとがきにかえて

赤瀬川尚子

赤瀬川は外出時に「自分の七つ道具」といって、まず手帖、眼鏡、筆記用具、カメラ、お財布、腕時計、鍵を必ず点検する。なかでも手帖は特別なもので、日々のスケジュールなどを記入していた。これが無いと全く身動きが取れなくなるので、肌身離さず持っていた。

その愛用の手帖は年毎のものをまとめてミカン箱にしまっていたようだ。ただそれは書棚の高い位置に置いてあり、ずっしりと重い。私の力ではとうてい降ろすことができない。

赤瀬川の死から半年近くたった頃、親しくしていた元編集者の野口達郎さんご夫妻が「お線香を上げたい」と尋ねてきてくださった。その時「これからお一人で大変になりますね、力仕事があればやりますよ」との申し出に、早速お願いしそれを下ろしていただいたのだった。

数日後ミカン箱を開けてみるとなんだか懐かしいニオイがする。手帖と共に大判の日記帳、依頼原稿の締め切り日が書かれた小学生用の学習ノート数冊、住所録、などが目に飛び込んできた。日記帳は三十数年前、結婚した頃なんとなく見た記憶があったが、ただ何を書いているかは知らなかった。結婚と同時に、小学生の子どもと年老いた義母が家族になるという大きな生活の変化があった。日々の忙しさに追われ、そんなことにばかり気を取られているヒマもなかったような気がする。

そして赤瀬川がこの世を去った今でも、果たして日記帳は読んでもいいものかというためらいはあった。が、ある日のスケジュールを確認するだけなので手帖ならいいだろうと、頁をめくっていくうちに「偶」と言う文字を丸で囲み、その後に小さな文字でその日に出合った偶然の出来事を所々に書きとめているのを発見。さかのぼってみると一九八一年頃から本格的に書き始めていたようだ。

日常的に頻繁に「偶然」に遭遇することは本人との会話で知っていたし、私も何度かそうした偶然に居合わせたこともあった。しかし、それを手帖に書き残しているとは全く知らなかった。八〇年代、手帖には簡単なメモ書きを残してあるだけなので、思い切って日記帳を開くと、びっしりと偶然の出来事や本人が見た夢、さらに私が見た夢の記録までが詳しく書かれている。改めて読むと、なぜこんな偶然に出合うのだろう。この多くの偶然は一体なんだろうと思ってしまうのだった。

赤瀬川は七十歳に差しかかる二〇〇六年頃から徐々に体調を崩し、二〇一一年胃がんが発見されてからの三年間は大病との戦いだった。二〇一三年五月には誤嚥性肺炎のため入院をし、翌年の二月までの九ヶ月間をそこで過ごした。今思い出しても胸が苦しくなるが、この間の九月末日に病室で窒息し一命は取りとめたものの低酸素脳症から植物状態となり、この日から意思の疎通が図れなくなってしまった。

二〇一四年二月、この状態で退院し帰宅した。好きだった環境で過ごせばいつか意識をとり戻すのではないか、という奇跡を願うような思いで自宅介護を開始する。

基本的に私が介護の中心となり、ちょっとした医療行為から日常生活上の世話をする。休日になると娘の桜子が泊り掛けで手伝いに来、また長姉の昭子も名古屋から出向いてくれ大きな助けになった。もちろん医療関係者やヘルパーさんたちにも支えていただいた。

そして不思議なことに赤瀬川の今までの仕事を知らない、看護師さんをはじめ介護にかかわって下さった皆さんが「赤瀬川さんの顔を見ると癒される」、だの「楽しい気分になる」「ほっとする」だのと、それぞれが思いを伝えてくれるのだった。わざわざ書店で本の注文をしてくださった方もいた。話も出来ずただ横たわった状態にもかかわらず、静かに新たな読者を獲得した。

二十四時間の介護は予想以上に厳しいものだった。自分の自由時間もとれず、ゆっくり入浴をしたり食事をしたりするなんて夢のような出来事になった。それでも穏やかな寝顔を見ると私も安らぎを感じた。


それから寒い冬を乗り越え酷暑の夏も無事に過ごし秋を迎える。初秋十月十八日、町田市民文学館で『尾辻克彦×赤瀬川原平　文学と美術の多面体展』が本人不在のままスタートした。その一週間後の二十四日（金）午後に一本の電話が自宅にかかって来た。「つげですけど土曜日、文学館に行って奥さんに挨拶したいのだけど、その日いらっしゃいますか」と、つげ義春さんからだ。

つげさんと赤瀬川は旧知の仲であるが、一緒に出かけたりお酒を飲んだりという仲ではない、自著を贈呈すればお礼のハガキをくださり、新年には年賀状で近況を伝え合う。ただそれだけのお付き合いなのだが、赤瀬川は何か深いところで信頼しているような感じがあった。電話をいただくのは、私の記憶には無い。たぶん初めてのことだ。

今の状態をひとしきり説明し、残念ながら文学館へは行けない旨をお伝えした。その間赤瀬川はいつも見せぬ表情で頻りに目をキョロキョロ動かしていて電話のやりとりを聞いているように見えた。それから、つげさんは亡くなった奥様、藤原マキさんのことなどを暫く話して下さり電話を終えた。初めて聞くつげさんの声は穏やかでとても温かかった。

「今の電話はつげさんからだったのよ」と告げると一瞬驚いたような顔をしたが「そうだったのか」という表情に変化したのだった。

その二日後の二十六日早朝彼は息を引き取った。

つげさんは何かを感じ取り電話をくださったのだろうか。赤瀬川はつげさんに何を伝えたかったのだろうか。その時私は二人の間に入り何か役割を果たすことができたのだろうか。と、叶うなら聞いてみたい思いである。

亡くなった二日後の二十八日に数年前から準備していた千葉市美術館の『赤瀬川原平の芸術原論展』初日を迎えることになる。

その後、大分、広島と展覧会が巡回していった。それを追いかける先々で思いもかけぬ赤瀬川にまつわる偶然と遭遇することになる。なかでも印象的だったのが別府の商店街を散歩中、昭和風ラーメン屋さんの前を通り掛かり珍しいなとウィンドウを覗くと『ガロ』一九七〇年六月号が飾ってあったことだ。表紙の右下に赤瀬川原平と文字が見える。慌てて南伸坊さんに写メを送ると、「それは『お座敷』が掲載されていた号ですよ！」との返信をいただいた。これには驚いた。その他にもいろいろな偶然はあった。どうやら私にまで次々と偶然の波が押し寄せて来たようだ。そして多くの方々からも赤瀬川にまつわる偶然の報告をいただいた。

ミカン箱を下ろしてくれた野口さんは、訪問当日、ライカ同盟などの撮影に同行して下さったときの思い出の写真をアルバムにし、持参してくださった。その中の一枚には井の頭公園で久住昌之さんとバッタリ出合った写真がある。その日のことは日記の中にも書いてあった。これも偶然なのだろうか。

日常生活を少しずつ取り戻した初夏の頃に、私はこのたくさんの偶然や夢の記述を手帖や日記帳からパソコンで書き写すことを始める。思わずニコリとしてしまうような微笑ましい夢や、そういえばこんな事もあったと記憶が蘇り、それは懐かしく楽しい作業になった。ただし、二〇〇八年ごろからは体調不良もあり生きるのに精一杯だったのだろう。手帖の頁には空白が多くなってくる。この空白には痛々しい気持ちがびっしりと詰まっているようで私にとってこれを見るのはとても辛い作業になった。

日記帳には偶然や夢のほか日常の事もびっしり詰まっている。付き合い始めた頃、私との何気ない会話を楽しんだことや好意を寄せる思いを書いた場面を見ると、遠い過去から思いがけないプレゼントをもらったようだった。本人が存在しない今、この手帖は過去と今を繋ぐ大切なアイテムとなり、私にとって生涯の宝物になるだろう。

偶然日記を発見したことを松田哲夫さんにお話しした。すると大変に興味を示していただき、高い編集能力を揮って『世の中は偶然に満ちている』が生まれた。長年にわたって赤瀬川の力になってくださった南伸坊さんにはまた素晴らしい装丁で力を貸していただいた。筑摩書房の鶴見智佳子さん、写真の伊藤千晴さん、そして赤瀬川の偶然に立ち会ってくださった皆様、本当にありがとうございました。心より感謝申し上げます。

付記

松田哲夫

赤瀬川原平は観察の人だった。彼は、人並み外れた目玉の持ち主であり、何よりも見ることが大好きだった。目に入るものなら、古今東西の美術品であろうと、町中にある不可思議な物件であろうと、なんでもじっくり眺め、写真に撮り、心ゆくまで賞味していた。そして、観察したものをもとに思索をめぐらし、「超芸術トマソン」や「老人力」を発見し、斬新かつ根底的な美術の見方を提示するなどしてきた。

さらに、好奇心旺盛な赤瀬川は、目に見えているものに限らず、日常生活で出会うさまざまな出来事や事柄にも注目し、観察し考察していった。そういう彼が、後半生において深い関心を抱き続けていたのが、「偶然」と「夢」だった。どちらも、人間が個人の意志でコントロールできないものだ。赤瀬川は、その不思議さの一端に触れたいと、偶然と夢を記録する日記を書き続けていた。

偶然についてはユング心理学の秋山さと子と対話して、『異次元が漏れる　偶然論講義』（朝日出版社・

一九八三年六月）という本にまとめている。この対話について、赤瀬川は巻末に掲載されている「講義を受けて」という文章で、このように書いている。

「偶然というものはずいぶん人間的なものだということを、あらためて知らされた。偶然を偶然として見るのは、ほとんどが人間的な部分なのかもしれない。だけどそこから人間というのを削り取ったとしても残る偶然というのがあるはずだと思うのであり、それはやはり気になる問題である。

しかしお話を聞いて、謎が淘汰され、面積が狭まったかわりに、その謎が奥深く向うに伸びてしまった印象である。謎がふくらむのは実感として嬉しいことである。まだしばらく人間業がつづけられるという実感である。（……）

偶然はその後も私の身の回りで、さまざまな顔を見せて蠢いている」

こういうふうに感じた赤瀬川は、その後も偶然を観察し、記録することを続けていった。

赤瀬川の「偶然日記」「夢日記」は約三十年間にわたって綴られてきたが、ほんの一部しか公開されてこなかった。本書では、この日記のほぼ全部（約三百枚）を中心に、偶然を巡って書かれた小説、エッセイも収録し、日記に対応する図版も掲載した。したがって本書は、秋山との共著は別にして、赤瀬川原平による偶然の記録、考察の大半を収録したものになった。（偶然小説としては、「虫の墓場」という作品もあるが、すでに『肌ざわり』に収録されているので、本書には収録しなかった。）

本書に収録した文章（作品）の初出などは以下の通りである。

「写真と偶然」「毎日新聞」連載「散歩の言い訳」より『散歩の収穫』（日本カメラ社・二〇一〇年十一月）所収

「偶然日記 1977〜2010」年ごとの手帖及び日記帳から「偶然」「夢」その他の記述を抽出し編年体で収録した。（未発表）

＊なお、この「日記」には、以下の文章も加えた。

「偶然×偶然」『整理前の玩具箱』（大和書房・一九八二年五月）所収
『異次元が漏れる偶然論講義』（朝日出版社・一九八三年六月）の一部
「偶然日記1994」「新潮」一九九四年一月『常識論』（大和書房・一九九六年十二月）所収
「赤瀬川コレクション　偶然の証拠」「太陽」一九九九年九月
「目眩の偶然（北の丸公園）」『東京随筆』（毎日新聞社・二〇一一年三月）所収
「舞踏神」「新潮」一九八六年四月（単行本未収録）
「珍獣を見た人」「モンキービジネス」十一号（二〇一〇年十月）（単行本未収録）
「偶然の海に浮く反偶然の固まり」「ユリイカ」一九八八年十一月『科学と抒情』（青土社・一九八九年三月）所収

赤瀬川原平　あかせがわ・げんぺい
一九三七年、横浜市生まれ。武蔵野美術学校中退。六〇年代は、ネオ・ダダ、ハイレッド・センターに参加、前衛芸術家として活躍。六七年、模型千円札作品で有罪判決。七〇年代は、『櫻画報』などパロディ・漫画作品を発表。八一年、尾辻克彦名で書いた「父が消えた」で芥川賞受賞。八六年、路上観察学会創立に参加。その後、ライカ同盟、日本美術応援団など多彩な活動を展開。八九年、『老人力』がベストセラーになる。主な著書に、『オブジェを持った無産者』『櫻画報大全』『少年とオブジェ』『肌ざわり』『雪野』『東京ミキサー計画』『反芸術アンパン』『學術小説　外骨という人がいた！』『超芸術トマソン』『カメラが欲しい』『芸術原論』『千利休　無言の前衛』『赤瀬川原平の名画読本』『正体不明』『新解さんの謎』『印象派の水辺』『全面自供！』『墓活論』などがある。二〇一四年、逝去。

世《よ》の中《なか》は偶然《ぐうぜん》に満《み》ちている

二〇一五年一〇月二六日　初版第一刷発行

著者…………赤瀬川原平
編者…………赤瀬川尚子
発行者………山野浩一
発行所………株式会社筑摩書房
東京都台東区蔵前二―五―三　〒一一一―八七五五
振替　〇〇一六〇―八―四一二三
印刷…………三松堂印刷株式会社
製本…………株式会社積信堂

ISBN978-4-480-80460-0 C0095
乱丁・落丁本の場合は、左記宛にご送付ください。
送料小社負担でお取り替えいたします。
ご注文・お問い合わせも左記へお願いします。
筑摩書房サービスセンター　電話〇四八―六五一―〇〇五三
〒三三一―八五〇七　さいたま市北区櫛引町二―六〇四